華の宴
人の縁

披露宴司会者が見た心に残るシーン

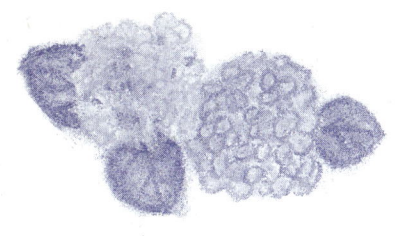

田中万知子
Tanaka Machiko

海鳥社

装画・カット　田中みわ

華の宴　人の縁◉目次

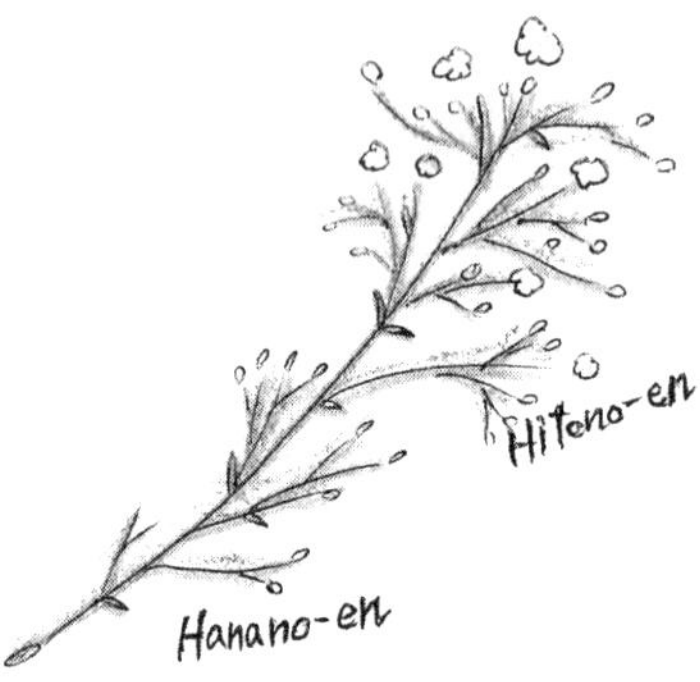

Hitono-en
Hanano-en

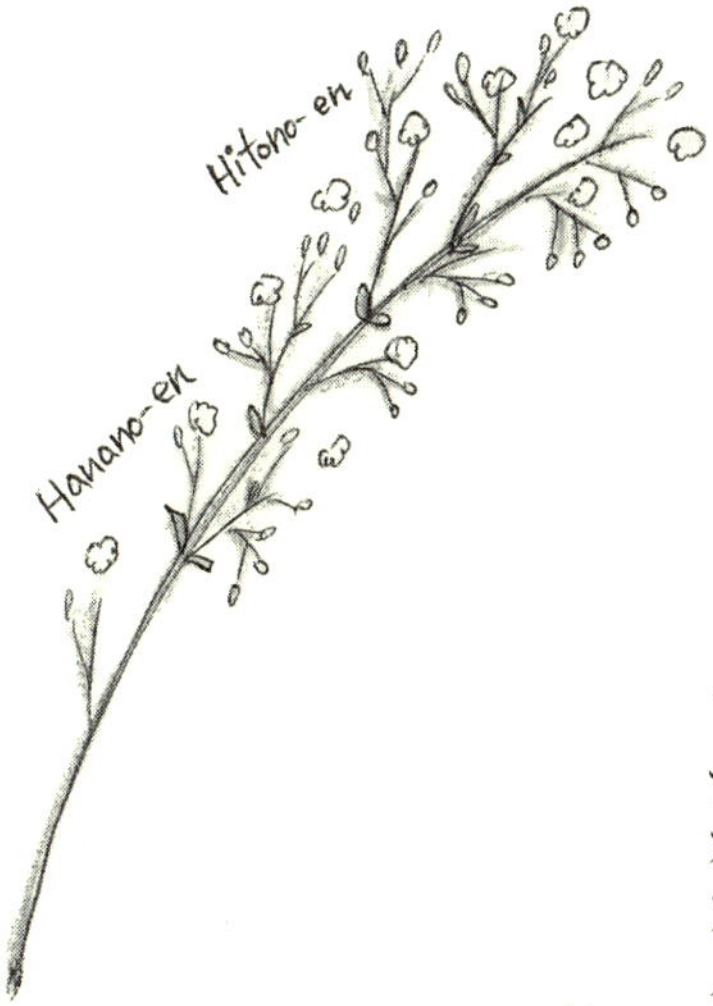
Hitono-en
Hanano-en

プロローグ

街路樹の銀杏《いちょう》並木が美しい黄金色に染まっている。十一月の大安吉日第三日曜日。表情のないアスファルトの道が、この季節になると絵画のアートに様変わりする。

運が良ければ、風に踊っていた一枚が群れを離れ、額縁から飛び出して、キラキラと輝きながらフロントガラスに舞い降りてくる。私は車にゴールドの秋を乗せて、披露宴会場まで運んでいくのである。

仕事に向かう緊張と昂揚《こうよう》が快感に感じられるようになったのは、ほんのここ七、八年のことである。

司会者教室に通い始めた時、私は二十九歳だった。子育てをしながら、いつも飽き足りない思いに悩んでいた。社会との接点を求めて欲求不満だった。通信教育で校正の勉強をしたこともあったが、子供二人を抱えて仕事に出ることもできず、アルバイトにも繋がらなかった。

ようやく長女が小学校、次女が幼稚園に入り、週一回夕方から三、四時間家を空けることに問題はないのだと自分に言い聞かせ、夫には講座を受けることを決めてから話した。

この講座は、互助会系列のグループが主催する結婚披露宴の司会者の養成講座で、私は八期生に所属した。

三十代半ばの講師はいかにも司会者らしく、すましていてもめでたい、ツルンとした顔の男性で、さすがに声に艶があり、張りがあった。もう一人の講師は、男性講師より背が高く女優のように美しい女性で、知性が美しさの中にいい具合にブレンドされ、感じの良い女性だった。

一回目は、ウェディングケーキの入刀やキャンドルサービスなど、それぞれのシーンでの言葉の使い方、ムードの作り方など、披露宴の各ポイントでの模範司会を聞かせてもらった。二人の現役プロのナレーション・テクニックと迫力をたっぷり楽しませてもらったのである。

鼻から頭に抜けるような響きの良い発声と都会的な発音が、口元からメロディのようにこぼれ出る。ソフトに、包み込むように……。メリハリの利いたナレーションと笑顔に臨場感が溢れている。

私は金縛りにあったように講師の顔や身のこなしを見つめ続けた。何と家事や子育てと掛け離れた世界。子供を怒鳴り散らしている私の日常にはない奥ゆかしい言葉の世界。講師の立っているマイクの辺りにはキラ星が降り注いでいる。香《かぐわ》しい薫りさえ漂ってくる。まるで別世界の人であった。

私はいったい何をしにここに来たのだろう。クラクラするほどきらびやかな別世界を目指してここに座っていることが、とても滑稽に思えた。おそらく八十人程いる受講生の中で、私は一番地味でキラ星が似合わない部類に属していたと思う。顔の造作は悪い方ではないと思っていたが、どこかトゲがあって、ツンとすました印象を持たれることが多かった。もちろん、他人に向けて大きく〝笑顔を開く〟習慣も習性も持ち合わせていなかった。

それでも私はめげなかった。厚かましかったのである。

その日から、まさに新しい世界が始まった。早速、ディスカウント・ストアから安売りのカセットデッキを買い込んできた。

「〇〇家〇〇家ご両家の皆様、本日はまことにおめでとうございます……」

騒々しく、しつこく、家中におめでたいムードを撒《ま》き散らしながら、テープに吹き込んで自習に明け暮れ、その成果を次回に発表するという毎日が続いたのである。

三カ月が経って、八十人いた受講者は三十人に絞られた。一人ずつ呼ばれて別室に入っていくのだが、振り落とされた五十人の仲間が講師からどんな説明を受けたのかは知らない。私の時には、

「来月から特訓教室となります。残ってもらいます。落ちた人には黙っていて下さい」

というものだった。

私は男性講師の言葉を聞いてきょとんとした。世間知らずの私は、ここまで来て、こんなに多数の受講生が向こうの一方的な通達で切られてしまうシステムになっているなどとは、夢にも思っていなかったのだ。私と同じく志を持って通ってきていた五十人の仲間たちは、入会金一万円と三カ月分の受講料を棒に振ってしまったのだろうか。

八十人分の入会金と受講料とが、ブライダル業界のシーズンオフ（七～九月、十二～二月）の収入源であり、そのための講座だったというからくりを、その時初めて知ったのだった。その中から発掘した人材を互助会系列の結婚式場の司会者として育て、それ以外のホテルや式場にも、派遣の営業をかけるのだ。

八十人の集団レッスンだった発声練習は、三十人になって個人レッスンの様相を呈してきた。一人ずつ前に立たされ、マイクを持たされる。

「さあ、開宴の挨拶の場面です。喋りを入れて下さい。いよいよクライマックス、両

親への花束贈呈です。ナレーションをお願いします」

どこから攻められても瞬時に応じられるように、配られた台本を暗記し、戦戦恐恐として指名されるのを待つ。なるべく講師の目に触れないようにと下を向いていると、

「喋り方だけでなく、ほかの人の笑顔や姿勢、手の表情やゼスチャーをしっかり見てチェックすること。お互いに批判し合いましょう。ねっ、田中さん、いいですか。では、今度は前に出て下さい」

と、自信のなさを見透かされたように指名される。

自習を怠けていくと、しどろもどろになって笑いを提供するはめになる。

「それではここで、新郎新婦には、えーっとケーキを……、えーっと二人の手によりまして……、えーっと幸せに、違う、えーっと幸せの願いを込めてケーキにナイフを入れていただきます。今、えーっとバースデーケーキにナイフが入りましたぁ」

みんなクスクス笑っている。

「えーっとの田中さん、今日は新郎の誕生日ですか、それとも新婦の誕生日ですか」

講師に指摘されて、バースデーケーキではなくウェディングケーキの間違いだったと初めて気づく。最初の頃は全てがそんな調子だった。

私への注意は毎回決まっていた。

「硬いねえ。ＮＨＫのニュース解説を聞いているような感じです。もっとソフトに、もっと優しく女性らしく……」

中には、

「何か聞こえてはいるんだけど、いったい何が言いたいのか伝わってこない。頭の上を蚊がブーンと横切っているような喋りです」

と言われて、失笑を買っている仲間もいた。

そのうち、誰からともなく、自分なりの季節の言葉などオリジナルを作ってくるようになった。

私も喋り方やナレーション作りに時間を費やし、熱の入れようもますますエスカレートしていった。やろうと思えば際限のないたくさんの課題で、寝ても覚めても身体の中は飽和状態だった。頭の中は、常に言葉にアンテナが立っていた。テレビやラジオから聞こえてくる言葉にも敏感になっていった。いつでもメモの用意ができていた。

不思議なもので、両手が塞がっているとナレーションがまとまらない。マイクを持つ構えをすると、言葉が飛び出してくるのである。シャモジも、ハサミも、その辺にあるものは何でもマイクになった。

さらに三カ月が過ぎて、師走《しわす》を迎えた。その年最後の受講日に、別室でまた一人ずつ面談が行われた。

「年が明けたら、いよいよプロになるための養成教室になります。残ってもらえますね」

「ハイ、残ります」

私は目を輝かせて答えた。

けれど、それでは今までの六カ月、いや今回の三カ月の特訓でプロになれるわけではなかったのか。そんな仕組みになっていたのか……。

また何人かの仲間が消えていくのだ。誰もが真剣に司会というものに取り組んでいた。みんなよく勉強してきていた。おそらく誰もがプロを目指していたと思う。

講師の冗談に一緒に笑い転げ、励まし合い、仲良くしてきた神田さんは、

「講座はこれで終わりです。身につけた技術を生かして、友人の披露宴などで活躍して下さい」

と言われたという。中途で止める心残りが、歪んだ唇に表われていた。

「あなたはプロになれる。頑張ってね」

と、帰っていった彼女に、気の利いた言葉を返せないまま、それっきりになってしまった。披露宴の現場で何回か司会をするチャンスはあったのだろうか。

もし私もここで残してもらえなかったとしたら、私のライフワークは全く別のものになっていたはずである。三十歳になったばかりのこの夜が、言わば私の人生における一つのターニング・ポイントとなった。

しかし私は、何とぼんやりとあっけらかんと講師の言葉を聞いたのだろうか。「何で私が?」という思いがかすめただけで、チャンスをもらったという意識はなかった。特に、感謝や感激もなかったように思う。淡々と次のステップに進むんだと受け止めただけだった。

「春のシーズンでのデビューを目指して、頑張りましょう」

男性講師は笑顔で私の顔を覗き込んだ。甘い声も童顔に属する顔立ちも、私の好みのタイプではなかったが、こうしてすぐ目の前で向かい合ってみると、香水なのか整髪料なのか、ほのかな男の匂いにたじろぐ。世の中に疎《うと》いだけでなく、男性にも免疫がなく、慣れていないのだった。

ぬくぬくと小さな家庭の幸せに甘んじていた私は、司会者としての訓練だけでなくもっと世間を知る必要がありそうだった。

新しい年が明けた。年末年始と休んでいた講座が始まった。

去年の後半の六カ月で、いい声を出すこと、笑顔を作ることを学んだ。同時に多くの同期生から、自分を演出するノウハウを学んだ。服装や持ち物やアクセサリーなど、いかにお洒落に疎く過ごしてきたのかも思い知らされた。関心が無かったのではない。むしろ、人一倍見栄っ張りで、他人の目を気にするたちだ。精一杯背伸びをして飾っているつもりでいたが、結局「井の中の蛙《かわず》」だったのである。

プロ養成講座に残ったのは、男女それぞれ四人ずつのわずか八人だった。親しくなっていた人は誰も残っていなかった。これまで以上に熱のこもった講師の挨拶があり、改めて八人が自己紹介をしあった。マイクを手に前に立つと、誰もがもう一人前の司会者だった。滑舌《かつぜつ》の歯切れの良さ、声の中に笑顔が見える語り口。集団レッスンの中でしっかりと培われた訓練の成果がはっきりと現れていた。

自己紹介の内容も楽しかった。それぞれ自分のカラーを巧《うま》くアピールしている。自分をよく知っていて、それぞれに武器というか隠し球というか、魅力的に見せる術《すべ》を心得ているようだった。

私はみんなのようにアドリブがきかない。焦りながら言葉を見つけようとしても、考え過ぎてまとまらない。結局、出身地と家族構成を語るのが精一杯の味気ない自己紹介で、拍手も少なかった。

ほかの七人と比べると、アピール度が弱く存在感も薄かった。七人が決まった後、迷った末に「ウーンもう一人」とすくい上げてくれたのだろう。「プロ予備軍八人」ではなく、「七人プラス一人」であることは、誰の目からみても明らかに違いなかった。

しかし、真剣に落ち込みはしたが、止めようとは思わなかった。

何であれ、講師は私の何かを買ってくれたのだ。可能性を認めてくれたのだ。最終選考に残してくれたのだ……。そして、すでに輝きはじめた人たちとこうして席を連ねている。そのことだけで、初めて自信というものを持つことができたのだった。

相変わらず、「語りもムードも硬いね。色気が感じられません。もっと柔らかく」と言われ続けながら、しぶとく七人の末席に座り続けた。

二カ月が過ぎ、三カ月目に入った。

この頃から、喋り方だけでなく、服装のことまで批判されるようになった。

「高価な洋服を着なさいとは言いませんが、自分の良さを生かして、司会者らしく少し華やかにイメージ・チェンジして……。これも課題の一つです。もう少し色のあるものを身につけると明るいイメージになるんじゃないかな。センスを磨きましょう」

言葉は丁寧だが、容赦ない指摘に、仲間の前でプライドを切り裂かれる。

同時に、私の身体の中に深く埋もれていた〝動〟への欲求が解き放たれ、自由を手に入れたような気がしていた。主婦の肩書しか持たなかった私が、固い殻を破ろうとしていた。

今まではぼんやりとしか見ていなかった足立山《あだちやま》の景色や空の色、雲の動き、風の向きまでが、鮮やかな心象風景として映るようになったことを、確かに感じていた。

目で見るだけでは、見ていることにはならない。心の目で見なければ、身体で感じなければ……。さらにそれを言葉にし、その上さらに説得力を持って人に聞かせるということは、生易しいことではないのだった。しかもアドリブでとなると、もっともっと訓練が必要だった。

「今日は酒を題材に、思いつくことを話して下さい」

「今日は、薬をテーマでいきましょう」

技術の訓練ではなくて、感性の訓練、魂の訓練。五感にいつもアンテナを立てていなければならない。テレビやラジオから言葉を盗んではノートに書きつけた。とても骨の折れることだったが、決して辛いことではなかった。むしろ、快い緊張感があった。

プロ・デビューの日は、突然やってきた。

四月の第一日曜日大安吉日、大分県宇佐市のホテルSでの披露宴を初仕事として言い渡された。しかし、メイン司会者は山口さんで、私は祝電を読むことや余興や歌の予約を取ることなど、あくまでも山口さんのサブでという講師の意向であった。

私は内心不満だった。たしかに山口さんは人格に幅があり、女性ながらはったりをきかせるゆとりを備えている。長身で、ママさんバレーで鍛えた体躯は、迫力さえ感じさせる。ショートヘアがよく似合い、宝塚の男役のように小気味よい。明るく、話題も豊富だった。

一五〇センチしかなく、これといった売りもない私とは、スケールにおいてぐんと差があった。司会の出来具合も、講師だけでなく受講生にも受けが良かった。

それでも、山口さんの力を分かっていても、私は不満だった。八人の仲間はもうすでにライバルであった。しかし、誰に不満をぶつけられるはずもなく、私は初仕事を神妙な顔でありがたくいただいたのだった。

その日の朝、山口さんと私は、日豊本線南小倉駅から快速電車に乗った。宇佐駅で降りると、ホテルの人がホテル名の入ったライトバンで迎えにきてくれていた。着くまで二十分ぐらいだったろうか。黄色い色紙を切り貼りしたような満開の菜の花畑が続く田舎道を、山口さんと私は運ばれていった。

小さなホテルに着くと、係の人たちが丁重に迎えてくれた。私の過去には全く記憶のないVIP待遇に気を良くして、プロ・デビューの第一歩を踏み出したのである。

披露宴会場の「高砂の間」に入ると、金屏風があり、卓花が溢れ、すでにテーブルの上には先付けの盛り合わせが並び、ぐるりと見回すとウェディングケーキがツンとした白さでそびえ立ち、シャンパングラスが係の手によって並べられるところであった。ムンとした匂いが立ち込めている。料理や花の香りが入り交じった匂い。贅沢な香り――。

ここは、日常を離れた特別な場所なのだ。私はこれから、こんな華やかな場所で仕事をしていくのだ。

「司会者さん」と紹介され、呼ばれてここにいるけれど、本当に私で大丈夫なのだろうか。みんな慣れた身のこなしで、それぞれの仕事に動いている。急に気後れがして、現場の雰囲気に飲み込まれてしまいそうになる。

山口さんは「高砂の間」担当の男性と初対面とは思えないほどに打ち解けて、からかわれたりしている。私はどう溶け込んでいけばいいのかタイミングがつかめずに、与えられた司会台に張り付いて、もっともらしく「アエイウエオアオ、カケキクケコカコ」と小さな声で滑舌を繰り返した。

山口さんは大丈夫なのだろうか。何と度胸が据《す》わっているのだろう。

新郎新婦とは遠距離ということで、直接打ち合わせを行っていない。Sホテルの担当者との打ち合わせで出来上がった進行表をもらい、それに沿って司会をするのである。

山口さんはチラと目を通し、二つ三つ確認しただけで、司会台の上に置きっ放しでまだ冗談を言い合っている。

昨夜は緊張で眠れなかったと言うが、私よりは絶対たくさん眠っているはずだ。本当に眠れなかった私の三倍は眠っているに違いなかった。

ここにきて、講師が私にメインを与えなかった理由が飲み込めた。私にはまだ司会者としての何かが欠けている。線の細い私には任せられなかったのだ。こんなことで独り立ちできるのだろうか。

フロントの女性が祝電を持ってきた。電文がまだカタカナだった時代である。小声で読み進めながら、鉛筆で句点を打っていく。電文を読むのと名前だけ読むのとに分け、読みやすいように表を中にして折り、重ねておく。私は祝電を読みに来たのだ。とちったら今日ここに来た意味がない。

開宴の時刻がきて、入場口の扉が左右に開かれた。

「さあ始まった!」

緊張が走る。列席者が入場し始めた。

礼服の男たちは誰も彼も偉く見える。この頃はまだ、女性は着物が多かった。振り袖の若い女性は皆、〝お嬢様〟に見えた。改まった装いが一層の緊張感を煽る。

「正面に向かいまして、左が新郎側のお客様のお席でございます。お手元の御席表をご覧になってお進み下さいませ……」

山口さんはびくついている様子はない。習った通りの言葉で、落ち着いてアナウンスを始めている。声の中に笑顔を見せて。ん、練習の時より多少上ずってるかな？

山口さんにしてみれば、私なんかいなくても一向に構わなかっただろう。むしろ邪魔だったのではないだろうか。

とにもかくにも、司会アシスタントとして名前を紹介され、祝電を読み、余興や歌の予約を取って、二時間半の初仕事は終わったのだった。

仲居頭の女性が蓋物の赤飯や茶わん蒸しを手際よく集めてきて、「お腹がすいたろう。早う食べて、食べて」と、勧めてくれた。

山口さんは、「いただきまーす」と、早速仕事が終わった後の空腹感を旺盛な食欲で満たそうとする。しかしこの時すでに、私の気力は尽きかけていた。食べる元気さえ残っていなかった。人に酔い、人に疲れていた。

高いヒールを履いた足を引きずりながら家にたどり着いた時は、夜の七時をまわっていた。玄関の戸を閉めた瞬間、風船が一瞬にしてしぼむように、朝からの緊張がしぼんでいった。極度の疲れで、神経も細胞も弛緩していた。

夫か娘かが何か言っていたが、もう眠ることしかなかった。帰ってきた服装のまま、私は朝まで死んだように眠りこけたのだった。


デビュー後も講座は続いた。

相変わらず八人の内で落ちこぼれながら、あれやこれやと指摘されながらも、どうにか独り立ちでき、仕事を任されるようになった。

交通費込みの六千円で、市街から片道三時間もかかる場所での仕事を回されることもよくあった。期待していた収入には繋がらず、それどころか足が出ることの方が多かった。私はいったい何を目指して努力しているのだろう、恐ろしいほどの緊張との引き換えがこれっぽっちのものだったのか——。現実に立ち返ってみれば、手に入れたのは「司会者」という肩書だけだったような気がして、自費で作った名刺を手にして、何度溜め息をついたことだろう。

辞めようかと何度も思った。

しかし、仕事の電話が入ると、魔法にでもかかったように「はい、できます」と口が動いてしまう。電話を切るとすぐに受けてしまったことを後悔する。後悔を引きずりながら当日を迎える。仕事の前日は決まって不機嫌になった。気持ちが落ち着かなかった。仕事が終わるとスカッと明るくなる。その繰り返しであった。

郡部の公民館では、尿検査の時のようなビニール製のコップで乾杯をして、新郎新婦の入退場は、司会者が喋りながら入口のドアを開閉するのである。キャンドルのトーチにチャッカマンで火を点けるのもケーキのナイフを持たせるのも私であった。

ある時など、ナイフが紛失していてさんざん待たせたあげく、先の尖った菜切り包丁で代用してもらったこともあった。

入退場の曲やBGMの曲を、抱えていったカセットデッキで操作しながら、喋りながら、その上会場の係がする仕事をもまかなうのである。タイミングがずれたり失敗も多かったが、あの頃は寛大で大らかだった。そのことでクレームがついたことはなかった。もっとも、郡部での披露宴は宴会と化すのが常で、音楽のタイミングなどどうでもよかったのである。

苦情はほかのことから襲いかかった。余興で隣組のおじさんが「別れの一本杉」を歌ったのだ。まだカラオケなどない時代で、アカペラであった。

「歌う方も歌う方だが、歌わせる方も歌わせる方だ」

と、両家のどちらかの親戚からすごい剣幕で叱られた。ＢＧＭには寛大でも、忌み言葉やしきたりには敏感な時代であった。

今、振り返ってみると、はじめの十年の記憶は全くと言っていいほど飛んでしまっている。ゆとりも何もなかったということだろう。与えられた目の前の仕事をこなすことだけで精一杯だったのである。

十年を過ぎた頃に、私はフリーになった。憧れ、尊敬し続けた女性講師が前年所属を離れて、すでにフリー司会者として独立していたことと、仕事の配分の片寄りが不満になってきていたからである。

私のような地味な司会者は、当然のことながら、大安の日曜日などの、司会者が足りない日の戦力として重宝がられている立場でしかなかった。北九州市内の仕事も時折もらえるようになってはいたが、相変わらず地方が多かった。それ以上に、自己中心的で組織になじめない性格が大きく働いてもいた。

フリーになったからといって仕事が増えるという保証はなかった。

しかし、フリーになって、私は度胸が据わったのか、逃げ出したいと思わなくなった。出会いの不思議さや縁を感じるようになり、丁寧に取り組んでいくうちに、ようやく「司会屋」ではなく、「司会者」になれたような気がしていた。責任の全てを一身に負うことで、プライドを持つことができたのである。

そして……。


いつの間にか、長い年月が流れた。

萌え出ずる木々の緑が希望を語りかける春の宴。勇壮に華麗に夏祭りの躍動が反映される夏の宴。天高く空の色青く、空気が品良く張りつめる秋の宴。凍てつく寒さの分だけ余計に熱く燃える冬の宴……。

幾多《いくた》のカップルや家族と、華やかな日の至福の時間を重ね合わせてきた。

その一件一件と向き合い、夢を組み立て、宴のイメージを形にしていく過程で、さらには宴中のさまざまな場面で、印象深い出来事や人との出会いがあった。

結婚という人生の大きな節目に臨んで、生き方や、愛し方や、笑顔や、涙や、人を喜ばせる術を示してくれた新郎新婦たち……。

司会台から垣間見た、夫婦像、友情、親と子の思い、きょうだい愛、師弟の関係、祖父母への感謝。若さ、円熟、男盛り、女盛り……。

あまたの感動や切なかった経験を、単なる仕事のひとこまとして、かなたに忘れ去ってしまうのは何とも惜しいと思うのである。

記憶を手繰《たぐ》り寄せるまでもなく、強烈に私の心を捉えた出来事や忘れられない人々のことを、ここに留めておきたいと思う。

なお、お名前はすべて仮名にさせていただいた。また、掲載した写真は、手元にある中から選んだもので、本文とは直接関わりのないことをお断りしておきたい。

四国にて

八月十三日、私は山口県柳井から四国松山へと向かうフェリーに乗っていた。お盆の初日だというのに船客は少なく、私は座席前列に腰掛けてテレビを見たり、デッキに出て、航路に白く泡立つ波の面白さを眺めたり、ラウンジに戻ってコーヒーを飲んだり、ほんの二時間半足らずの小さな船旅を楽しんでいた。

松山からは高速道路を走って、徳島に向かう。阿波《あわ》踊りを見るためである。

多分、多くの人がそうなのだろうが、私も踊りや祭りや神楽などが好きだ。しかし、イベントの要素の濃い祭りや花火は好きではない。賑やかな中にも粛々と統制のとれた伝統のある催し事が好きなのである。

テレビで見る阿波踊りは、女性集団の憎らしいほどに整った足さばきと、手の操り方の品の良さ。男性集団のいかにも男を打ち出した気合の入った動作の妙。どちらも圧巻であった。集団毎に統一された紅色やピンクやもえぎ色の蹴出《けだ》しの美しさにも目を奪われた。

実際にはどうなのだろう。期待通りに私を魅了するだろうか。

そんなことを考えながらコーヒーをすすっていたら、目の前のアイスクリーム販売機に若い男性が近付いてきた。一五〇円を入れ、ソフトクリーム型のアイスを取って立ち去る顔に見覚えがあった。間違いなく知っている顔だが、誰だか思い出せない。

瀬戸内海の穏やかな景色がゆっくりと流れていく。

が、思い出せない「誰か」がずっと引っ掛かり、

「エーッ、誰だったっけ。知り合いだよねえ」

と、私は首をひねりながら、結局思い出せないまま、二時間半はあっと言う間に過ぎていった。

フェリーが松山港に入って、下船の用意を促すアナウンスが聞こえた。心地よい時間に未練を残しながら、私は車へと降りていった。

フェリーのエンジンが止まると、車のエンジンの音がいっせいに船底に響き渡る。やがて係の誘導に従って一台ずつ船外へと滑り出していく。

大きなトラックの後からゆっくりと進む青い車の運転席に、さっきの見覚えのある顔があった。その助手席に丸顔でショートヘアの女性。

「あっ、この前の新婦さん！　何だ彼は新郎さんだったんだ！」

七月二十八日が結婚式の、つい最近出会ったカップルであった。その後、今日まで披露宴の仕事をしていなかったのだが、打ち合わせの時にはワイシャツとズボンだったし、当日は礼装だったから、ラフな白いTシャツと短パン姿が新郎と結びつかなかったのだ。

声をかけようと、急いで車の窓ガラスを下ろしたが、二人は前を向いたまま、青い車は加速をつけて走り出していった。

二人には是非声をかけたい理由があった。

地味だが、印象深いカップルだった。堅実な家庭を築き、美しい人生を歩いていくだろうと思わせる無彩色の存在感があった。キラキラと眩しくないのが二人らしさであり、そんな二人の門出に立ち会えたことが嬉しかった。

私たち司会者は、結婚披露宴という人生の最も華やかな舞台の企画や進行を担いながら、終わってしまえばほとんどの場合、新郎新婦やその家族との接点は消滅する。何と刹那《せつな》的ではかない、打ち上げ花火のような一期一会だろうかと改めて思う。長い人生の道程の中では、小さな点にも満たない瞬時の接点である。

挨拶を交わし、お礼を言われて一つの仕事を終えた瞬間、ふと淋しい気持ちになり、後ろ髪を引かれる思いにとらわれる時がある。初対面から懐かしいような感触のあった忘れ難いカップル……。

今、走り去って行った二人もそんなカップルだった。

「こんなにすぐに、また会えるなんて。しかもこんな所で……。すごく嬉しい」

と心から伝えたかった。

それともう一つ、お菓子のお礼を言わなければならない。

「新婚旅行で行ったハウステンボスのお土産です。感謝のしるしに……」

とメッセージの入ったお洒落なプチケーキが届いて、一週間が過ぎていた。何やかやと雑用を理由に、まだお礼の手紙を書かずに失礼していたのだ。

新郎の芳輝さんは、大阪で地図を作る会社に勤める航空カメラマンである。新婦の詠子さんは小倉北区にあるY電気株式会社のロボットを造る部署に五年勤め、結婚のため三月末日で退社している。吹田市の芳輝さんの住むマンションで、二人は結婚生活を始めているはずである……。

少しずつ記憶の糸が繋がってきた。

披露宴の間、芳輝さんはタキシード一枚で通した。花嫁が打掛けの時は、それに合わせて紋服を着るのが常だが、

「そんな恥ずかしい格好はごめんだ」

と突っぱねた。詠子さんも
「どうも着替えたくないらしい。言っても聞かないから」

と、大らかに彼の主張をのんだ。

タキシードと打掛けとのシルエットは意外にもしっくりと決まって、好一対の晴れ姿であった。私は思わず二人に囁いたものだ。

「いいよ、いいよお。ノン・プロブレムよ！」

打掛けには紋服をという固定観念を二人は払拭してくれた。芳輝さんの頑固さがもたらした発見だった。

詠子さんはもう一枚ドレスを着替えた。美しい水色の、ほとんど装飾を施していないドレスを選んだことが、詠子さんだけでなく、芳輝さんの感性でもあるように思えて、これはいい夫婦になるぞと思ったものだ。二人に同じ色を感じたのである。

晴れ着を身につけていても、日常の匂いのする二人であった。石鹼のような、木綿の肌触りのような……。

シンプルな二人は、崇高でさえあった。

松山インターチェンジから松山自動車道に入り、スピードを上げた。渋滞もなく順調な走行である。

披露宴のあれこれが、さらに詳細に甦ってくる。詠子さんは北九州市生まれ。芳輝さんは香川県観音寺市の出身だと、私がプロフィールを紹介したのだった。なるほど、それで四国にいるわけだと納得である。

盆休みを少し早めにもらって、まず詠子さんの実家に行き、今日、芳輝さんの実家へと向かっているのだろう。そして、四国を東へと抜けて、大阪府吹田市に帰る——そんなコースを取るのだろう。

クラリネットの演奏もあった。大学の吹奏楽部の仲間の女性だった。そうそう、芳輝さんと詠子さんはK大学の吹奏楽部の先輩後輩として知り合ったのだ。やっと芳輝さんと北九州が繋がった。結婚式を北九州でした理由もうなずける。

親戚や友人に、「大喜多《おおきた》さん」とか「恵比須《えびす》さん」とか「幸子《さちこ》さん」とか、めでたい名前を持つ人たちがたくさんいて、一人一人を紹介させてもらった。観音寺市の叔母さんも幸子さんで、ロングドレスの似合う貫禄《かんろく》のある女性だった……。

伊予小松インターチェンジ辺りで、「石鎚山《いしづちさん》サービスエリア」の標識が目に入った。ちょっと迷ったが、やっぱり寄っていくことに決めた。車を左車線に入り込ませ、さらにウインカーを左に上げた。

ここから徳島まで、三時間近くかかるらしいが、太陽はまだ真上から照りつけている。

神聖なる霊山として名高い、行者の信仰の山・石鎚山を仰いでいくことにしよう。

駐車場に車を停めると、前が青い車である。「まさかね」と鼻で笑って中を盗み見る。まだしつこく「二人」を追い求めている自分がおかしかった。

車から出ると、頭から足からあぶられるような暑さである。車の屋根やボンネットの照り返しが、視覚からも暑さを煽り立てる。不快指数急上昇である。

しかし、次の瞬間、灼熱を忘れる「まさかね」が起こったのである。やっぱり私たちの縁は繋がっていたのである。駐車している車の間を縫って店の方へと急ぐ私の目の前に、紛れもない芳輝さんと詠子さんが現れたのだ。大きなソフトクリームを一つずつ握って車に戻るところであった。

双方ともに「エーッ」と絶句。目を丸くして顔を見合わせる。

「また会えました。偶然にしては二度も。実はね、同じフェリーだったんですよ。フェリーの中でもアイスクリームを買ってたでしょう?」

「何だ、そうだったんですかあ。私たちずっと横になってたんで気がつきませんでした」

もう何度もあの航路を通って、景色も珍しくないのだろう。それとも詠子さんの実家で飲み疲れたのかな?

赤いTシャツにグレーの短パンで化粧っ気のない詠子さんは大学生のようである。

「田中さんはどこに行かれるんですか？」

「阿波踊りを見に！」

「エーッ、徳島まで行かれるんですか？　私たちも今晩行きますよ」

「観音寺市でしたね、ご実家は」

「よく覚えてますね」

「ええ、ええ、よく覚えてますよ。温かい披露宴でした。親戚の方もお友達もみんな温かくて、良い方ばかりでしたね。私もついつい楽しんでしまいました」

「それにしてもびっくりしました。田中さんと四国で会うとは」

私もそうだが、二人もまだ目を白黒させている。

「一度は見失ったのに、またここで出会えるなんてね。縁があるのでしょうね。こんなに駐車場は広いのに、すぐ後ろに車を停めてる！」

「私たちも向こうから戻ってきていたら、すれ違いでした」

「ここで会わなかったら、もう会うことはなかったでしょうね」

「何か縁があるんだろうね」

若い二人もそう言ってうなずき合っている。

爽やかな二人と縁がある、何か繋がりがあると思えるのは嬉しいことだった。

全くの他人が、新郎・新婦として、司会者として知り合い、一緒に試行錯誤して披露宴を創り上げることだけでも、縁の成せる業《わざ》に違いないのに、この地でのこの再会はいったいどういうことだろう。

むろん、単なる偶然だと一笑に付す気にはならなかった。どんな意味が隠されているのかは知る由《よし》もないことだが、何かが仕組んだ、必然の何かが動いた結果なのだと、目に見えぬ力を神妙に信じたい気持ちにさせられたのである。

ハウステンボスのお菓子が間違いなく届いていて、美味しく頂いたこと。お礼が遅れたお詫びも、直接伝えることができた。

「ご両親や親戚の方によろしくね。阿波踊り楽しみましょう」

「楽しみましょう」

「気をつけて行って下さい！」

「阿波踊りでまた会えるかしら」

「会えるといいですね」

二人のソフトクリームはすでに溶けかかっていた。

霊場石鎚山の引力が二台の車を引き寄せてくれた――それは間違いないことに思え

た。

何年か前、新郎と打ち合わせをした翌日に司会の依頼を断られたことがあった。いつも通り綿密に打ち合わせをしたのだが、それがどうも裏目に出たらしい。

「司会者が何もかも全部やってくれると思って頼んだのに、挨拶をせえだの、プロフィールを書けだの言われたら、司会者を頼む意味がない」というのが、キャンセルの理由だった。

挨拶もプロフィールも無理強いした覚えはなく、媒酌人《ばいしやくにん》がいないので、最初の挨拶は誰がするのかそれとも省くのか、新郎新婦の紹介はするのかどうか、もし司会者がするのなら資料をいただきたいと思いますが、とお伺いを立てただけであった。

本当は、キャンセルの理由はほかにあって、若い新郎は二十代の司会者を予想していたのかもしれない。四十代が現れたのでおののいて引いてしまったのかもしれない。とにかく、相性が良くなかった、気に入ってもらえなかった、信頼を得られなかったということだ。結局、新郎の叔父が司会をしたのだと聞いた。

この広い北九州の中にあって、一度は縁の糸を繋ぎながら、あっさりと切れてしまったこの関係は、宇宙の采配の気の迷いか、ちょっとしたミスだったのだろうか。

拒否されたことは悔しいけれど、まあ、これこそ縁がなかったと自分をなだめるしかないのだろう。

今親しく挨拶を交わして別れた芳輝さんと詠子さんと私の間には、どんな宿縁が作用しているのだろうか。

その夜、私は徳島市内のメイン会場に陣取り、初めて見る生の阿波踊りを思う存分堪能した。

「阿呆連《れん》」、「ささ連」、「独楽《こま》連」など、「連」と呼ばれる踊りのグループが、独自の出で立ちと振り付けで、押し寄せる波のように次々に演舞場に踊り込んでくる。「ヤット、ヤットー」の溌剌とした掛け声に触発され、踊り手のエネルギーが乗り移って、私は暑い夏の、さらに熱い夜を過ごしたのだった。

二日目は小さな会場をいくつか回り、〝追っかけ〟のような楽しみ方をした。

阿波踊りは、踊り手に続き、鐘や太鼓などの鳴り物を打ち鳴らす人たちの技術や表情も見所である。その中で、三味線を弾く一人の女性の、この瞬間をただ弾くことだけに生きているような無表情の色気に魅せられ、その女性の所属する連が回ってくる会場に先回りして、その顔を何回も拝見させてもらった。

喋ることを仕事にしている上に、普段でも要らない無駄口の多い私には、寡黙で控えめな雰囲気を湛えた女性は、理想であり憧れなのである。

芳輝さんと詠子さんとは、阿波踊りの会場で会うことはなかった。あの広い場所のほの暗い一角で鉢合わせることがあれば、それはもう現世を超越した縁だろうと思って期待したが、私たちの縁はそれほどのものではなかったらしい。

しかし、知り合いのいない徳島で、あの群衆の中に芳輝さんと詠子さんがいたと思うだけでもワクワクすることであった。

年が明け、二人から写真入りの年賀状が届いた。

「阿波踊りはどうでしたか？　私たちも行きましたよ」

と書いてあった。

笑顔で寄り添っている写真の二人からは、やはり、石鹼の匂いと木綿の肌触りのような質感が感じられた。

ステキな男たち

梅雨入りは発表されているのに、晴天が続いている。

湿度が低く、例年になくカラッとして、急な暑さも活気ある季節への予感として素直に受け入れられそうな気がするのである。

私の住むマンションの、道路を隔てた向こう側に公団のアパートがあり、その駐車場の片隅に紫陽花《あじさい》の大きな花群が茂っている。十カ月ほどの間、まるで存在感のなかった葉っぱたちは、初夏という季節になって、見事な大輪の花芸術を生み出し、青々として清々しく輝いている。重みの加わった葉っぱたちは、花々を支え守りながらなお、花を引き立てようとしているように見える。

紫がかったピンク色の紫陽花の花は、恥じらうように色を少しずつ変えながら、初夏から真夏へと季節の橋渡しをするのである。

日曜日のこの日も、降水確率八〇%という前日の予報を裏切り、すっきりと広がる青空の下に雲は一つも見られなかった。

披露宴は十三時に始まる。私は足立山の中腹にある式場まで、発声練習をしながら車を走らせていた。

私の発声練習は二パターン。車に乗るとすぐに歌入りのテープをかける。歌手の歌に合わせて声を張り上げるのである。口を大きく開けて、お腹から声を出す。プロ歌手の声のオーラとエネルギーによって、私の意識もプロ司会者へと引き締まっていく。四、五曲歌ってテープを切る。あとは両家と新郎新婦の姓名を何回か繰り返し、開宴の言葉が澱みなく語れるように、お経を唱えるように滑舌を兼ねて頭にたたき込むのである。

木立から漏れる日差しがキラキラと光を投げかけ、コンサート会場に舞うミラーボールの興奮を思い起こさせる。

式場のすぐ隣に鎮座する神社の神殿へと挙式に向かっているはずの新郎新婦も、この木々の緑やカーブを曲がるにつれて眼下に小さくなっていく小倉の街の風景が、今朝はひときわ美しく新鮮に映ったことだろう。

「初夏の風物詩、紫陽花や花菖蒲などが今日の佳《よ》き日に彩りを添えまして、ご両家の皆様が待ち望んでおられた季節が訪れて参りました。菖蒲の花言葉は『嬉しい知らせ』だとか。お二人のご結婚のニュースは、皆様にとりまして、何よりの嬉しい知らせではなかったかと思います」

雑誌に載っていた花言葉をもらって、出だしの言葉は昨夜の内に決まっていた。そして数時間後、結びの言葉は自然に口からこぼれ出てくれた。

「会場一杯に愛が溢れ、お祝いの心が広がりました。皆様と過ごして参りました和やかなひとときが、お二人の幸せな結婚生活に結び付きますようにと念じつつ、お開きとさせていただきます」

気持ちの良い仕事だった。質の良い披露宴だったと思う。穏やかな笑顔を終始絶やさなかった新郎の大輔さんは、大学の助教授で三十七歳。新婦の千枝子さんは同じ大学の事務職で三十三歳だった。

上司も先輩も同僚も友人も皆、私からの突然の指名に快く応じてマイクの前に立ち、エピソードやとっておきの秘話を暴露しながら、お祝いムードを盛り上げてくれた。余興など必要なかった。

お座なりではない生きたスピーチが引き出せたのは、新郎新婦の人柄のゆえだろう。さらに幸せなことに、この日私は二人の惚れ惚れするような男性に接し、言葉を交わす光栄に恵まれたのである。

一人は新郎の兄であり、もう一人は、新郎が在職している大学の学長さんであった。

学長さんの祝辞

先生の年齢は六十歳ぐらいだろうか。男性にしては小柄で、一六〇センチそこそこに見えた。足も悪い。主賓として紹介し、祝辞をお願いすると、杖で足を庇いながらゆっくりとマイクの前に進まれた。話を要約すると、次の三つであった。

「新郎の故郷である大分県出身の福沢諭吉は、『天は人の上に人を造らず、人の下に人を造らず』という一言しか残さなかったが、これには奥深い意味が隠されていると思う。人それぞれ解釈は違うと思うが、つまり『天は人の中に人を造る』と考えてみてはどうだろうか。人に支えられ、人との出会いによって人生というものが構築される。親子、兄弟、友人関係、夫婦、師弟関係など、この縁は必然であり決して偶然ではないと思う。出会うべくして出会っていると思う。

人間は一人では生きていけない。周りに人がいるからこそ生きている意味がある。どうか感謝を忘れないで欲しい。そして二人が出会った縁を大切にして欲しい」

「新郎の大輔くんは我が部下であって、一方、私の主治医でもあります。と言っても、私の身体を診てもらうということではなく、私のパソコンのお医者さんでして……。
　この年齢になってパソコンをいじり始めたもので、しょっちゅう具合が悪くなる。言うことを聞かなくなる。どうしてもこうしても直らず、わけが分からなくなってお手上げ状態になる。そんな時にはすぐに大輔君にＳＯＳを出すんです。主治医はすぐに駆けつけてくれ、どこかをちょっと撫でただけで、たちどころに私のパソコンを全快に導いてくれる。脅威であります。私も勉強は嫌いな方ではないのでたくさん勉強したつもりですが、どこか頭の構造が違うんですな。そんなわけで私にとって、なくてはならない恩人なのであります」

「このような結婚式の祝辞では『お幸せに』と言うのが普通だし、今日二人は多くの人から『お幸せに』と言葉をかけられていると思う。願わくばずっと幸せでいて欲しいが、人生というものは、これがなかなか思い通りには、平らかにはいかないもののようです。意に反して辛いことや悲しいことも巡ってくる。しかし、辛い悲しい逆境の時こそが人間を大きくする。幸せなだけでは人間は磨かれていかない。辛いことや悲しいことに遭遇したら『ああ、今自分は磨かれているんだ。鍛えられているんだ』と前向きに受け入れ、気持ちを強く持って対処して欲しい。

順境の時には、千枝子さんも能力を生かし、夫婦であっても『あなたはあなた、私は私』とそれぞれ自分のペースで生活していてよいと思うが、逆風が襲ってきた時には、その時こそ夫婦がしっかりと向き合い、心を一つにして立ち向かって欲しいと切に願っています。結婚の意味はそこにあると思います」

話は長くも短くもなく、いや、長かったのかもしれないが、私は司会の立場を忘れて聞き惚れ、感動していた。言葉が柔らかく温かく、スーッと身体の中に入り込んできて五感を満たし潤した。

アナウンサーでもこうはいかない。役者でもなかなかこうはいかないだろう。人生訓を、上司として人生の先輩として授けているのに、威圧感や押しつけがましさがまるでない。むしろ、諭《さと》しているような語り口なのだった。

ただ言葉は淡々と流れ、癒しの旋律のように会場を包み込んだ。

「心療内科の先生みたい……」

私が経験した中ではおそらく最高の、究極とも言える祝辞は、なぜ感動を呼んだのだろう——。

足立山から今度は市街地へと車を走らせながら、私はまだ柔らかな語り口の余韻の中にいた。

大学の学長だから上司だから、またはうんと年上で人生経験が豊富だからと構えることなく、一人の人間として、新郎新婦やそこに座っている人たちと同じ目線の高さで語っていたからではないかと思う。

それにもまして確実に言えるのは、お祝いとしてこれだけは伝えたいという、確固とした切なる思いが貫かれていたからに違いないのである。

終宴の後、引き出物を提げた列席者が会場の外へと向かうのを司会台から見送っていた私の前に、学長さんが杖に頼りながらゆっくり近づいてこられた。そして、

「職員の披露宴を楽しく運んでくれて、丁寧な司会をありがとうございました」

と、ねぎらってくれたのである。痩せてすっきりとした輪郭の中のちょこんとした小さな目が、誠実な光を放って私に向けられていた。

「丁寧な司会」と言われたのは初めてだった。あの祝辞の人らしい表現だと思った。嬉しくて身体がジンと痺れた。今日の披露宴とめぐりあった縁を感謝したいと思った。

「お目にかかれて光栄でございました。どうぞお気をつけて」

と笑顔を返すと、はにかんだような目になって小さくうなずかれた。私は敬意と憧憬を込めて、会場の出口まで後ろ姿をお見送りしたのである。

どこまでも自然体で、水の流れのような、飄々《ひょうひょう》とした感じの先生だった。

私はそのことを友人に話した。多分私の口調は自慢げだったに違いない。気持ちの良い仕事ができたこと、直々《じきじき》にお礼を言われたことなど、事細かく喋りまくった。

「背の高さとか年齢とか見た目の格好良さとか、そんなものを超越した人間の魅力よ。上質な男の魅力というか……。ステキだったあ」

「へぇえ」

「で、考えてみると学研の人でしょ。同じように地位のある人でも、物を売ったりして利益を追求するどこそこの社長とはどこか質が違うのよ。いやらしさがないの。研究者の崇高さというか。たとえば悟りを開いた僧侶のような……」

「それはあなたの思い込み、あなたの甘さ。学者には学者のいやらしさがあるの。まあその学長はきっと教授の中の教授で立派だったんだとは思うけど。中に入ればきっといろいろあると思うよ」

「ウーン……、そうなんだろうけど。聞かせたかったなあ」

姐御《あねご》と慕う親友が何と言おうと、あの学長さんの祝辞は、本当に、随分の数の祝辞を聞き、見てきた私の司会経験の中で、忘れられない印象的なシーンとして特筆に値する。温かくウィットに富み、しかもおごらず、聞き手の耳に心地よく言葉を送り込みながら、いつの間にか納得させせうなずかせている。

大学の入学式の講演などでどんな話をされるのだろう。きっと一歩一歩ゆっくりと壇上を歩かれ、柔らかなあの語り口で、これだけは伝えておきたいという切なる思いを込めて学生たちに向かい合うのだろうと思う。

「人と人が出会うのは決して偶然ではありません。二人は生まれる前から結ばれていたのかもしれません。お二人を繋いだ赤い糸は今日、しっかりと結びつきました」

披露宴でこの言葉を口にする時、私は今でも学長さんの柔らかな気配をすぐ側に感じるのである。

新郎の兄

披露宴は新郎新婦のためのものであって、実はむしろ親のためのものなのだと、現場に立つたびにその思いを強くする。

末席から雛壇を見守る両親の眼差しには、晴れがましさと安堵が宿り、熱く深い、幸せへの祈りが込められる。

「頑張れよ」、「幸せになるのよ」、「仲良くやっていけよ」

何回数を重ねても、親の心情の切なさに、心を打たれるのだ。

「ああ、この両親のために、気合を入れて仕事をしなければ」

と強くなり、優しくなれるような気がするのである。

自慢の息子であっても、不肖の娘であっても、親の思いに変わりはない。とにかくここまで大きくして、一人前に結婚式を挙げさせた。子育ての集大成。親にとってある意味での卒業式。大事なセレモニーなのである。

「本当にお疲れ様でした。でもこれでひと安心ですね」

と、今日までの春夏秋冬の苦労と無償の愛を讃えるセレモニーなのだと思う。

我が子がウェディングケーキに向き合う時、メモリアル・キャンドルに点火の瞬間、祈るような目で見守る両親の胸の鼓動が伝わってくる。目を潤ませて至福の時に酔いしれているのは、新郎新婦にもまして両親なのである。末席に座ってはいても、主役は両親なのだと思う。

しかしこの日、大学の助教授である新郎側の末席に向けたスポットの中には両親の姿はなかった。両親とも新郎の大輔さんが幼少の頃に亡くなり、末席には兄夫婦が座っていた。十一歳も年上の兄は、新郎にとってたった一人の兄弟であり、それ以上に父であり母であった。

新郎も立派な体格で、紋服姿は凜々しく威風堂々としていたが、兄はさらに精悍さを加味し、鋭さを感じさせる雰囲気をたくわえていた。武将にたとえるなら、躊躇《ちゅうちょ》なく前進攻撃を仕掛ける益荒男《ますらお》のタイプだ。一八〇センチはあろうかと見える体躯に、モーニングが決まっていた。髭があればまさに「風と共に去りぬ」のレッド・バトラーである。

司会台はちょうど兄の斜め後ろにあり、私はこの「男の中の男」をチラチラ観察することができた。祝辞にうなずき、笑い、弟の方に目をやり、祝宴に入るとビールを持って来賓の席を回る。弟の上司に同僚に、友人に、弟の嫁の両親や家族や親戚に、一人一人に深く頭を下げお酌をする姿は、兄弟の軽やかさではなく、痛々しいほどに親代わりとしての責任感が溢れていた。

終宴近く、両家を代表する挨拶も、父親代わりとして兄がマイクを持った。

「大輔は自慢の弟です。よくぞここまで立派に逞しく育ってくれたと、皆様の前ではございますが、嬉しく、喜ばしく感無量でございます。

幼くして私共兄弟は両親を亡くしました。私は一回り近くも年上でございます。何とか両親に代わって弟を一人前の男にしなければと、そればかりを考えて生きてきたように思います。

はっきり言って私はかなり厳しく弟に接しました。恐い兄だったろうと思います。小学校の時は『習ったことが分からんはずがない。必ず百点取ってこい』と申し渡しました。弟は必ず百点を取ってきました。見事でした。中学生になってからは、頭だけよくても男は駄目だ。身体を鍛えないといかんということで、登山やキャンプなどに連れて行きました。弟はよく頑張ってついてきました。山を一緒に登ることでよく話をし、男同士分かり合えたと私は思っております。弟は男らしく成長してくれ、大学時代にはアメリカを数カ月間も一人で旅するほどに強くなってくれました。

亡き両親に胸を張って『弟の門出を見てくれ』と言える日を迎えられたことが嬉しく、今日までご指導下さいました皆様方に、心から感謝致しております」

ゆっくりと、言葉を選ぶようにして挨拶をし終えると、弟ともども数秒間の最敬礼で締めくくった。頭を下げるのも上げるのも、兄と弟の呼吸が申し合わせたようにピタッと決まっていた。

弟の職業、凛々しさ、立派な体格、弟が選んだ聡明な伴侶《はんりょ》……。全て兄にとっては自慢であり、半生の集大成に違いなかった。弟を讃えながら、その弟をここまで育ててきた自負と達成感を噛み締めているようだった。

それでいて、少しも厭味がないのは、人を納得させ得るだけの深い愛情と信頼と、確固たる自信が底流にあったからに違いない。

「両親に今日の姿を見せたい。きっとこの会場のどこかで見てくれていると思いますが」

と声を詰まらせた兄の涙に、素直に共感できたのである。

「過分なるお褒めの言葉をいただき、家族一同恐縮いたしております」という類いのマニュアル通りの挨拶は失敗もないかわりに感動もない。

ストレートな弟への賛辞には「こう言うべきだろう」という計算はない。全てを引き受け、責任を果たし終えた兄の胸を去来した正直な「心の言葉」だったのだと思う。

金屏風の前で列席者を見送り終え、新婦の両親に頭を下げた後で、フーッと息を吐き力を抜いたレッド・バトラーの素顔を私は見た。モーニングのポケットからハンカチを取り出し無造作に汗を拭う。一八〇センチもの男の肩が寂しげに見えたのは思い過ごしだろうか。

私は挨拶をしようとしてすぐには声をかけられないでいた。

親代わりとしての責任を自分に課し続け、全うした感慨と安堵……。兄の思いは息子の結婚を見届けた父親よりも遙かに深かったのではなかろうか。

幼くして両親を亡くしたのは不幸なことだったが、両親がいなかったがゆえに強く美しい男がここに兄として弟として存在している。親がいないことが踏み台となってプラスに跳躍した。

人生は分からないものだとつくづく思う。だから明日を信じていいのだと思う。たとえどんな境遇に遭遇しても、希望を持っていいのだと思う。

「今日は一日本当にお疲れ様でございました。ご両家の司会をさせていただいたことを誇りに思っております」

「ありがとう。田中さん本当にありがとうございました。お陰様で無事に終わりました」

涙の跡を残した目で、兄は私に握手を求めた。大きな手に包まれながら、私も目頭が熱くなる。

「あなたは立派だったわ。ステキでした」

私は心の中一杯にそう呟いて、ほろ苦く込み上げてくる感情を分かちあった。

「お祝い事ですから……」

と差し出してくれた御祝儀のポチ袋は、今も中身が入ったまま机の引き出しの中で光を放っている。

悲しみを乗り越えて

十一月もあと数日を残すだけというのに、コートはおろかジャケットも要らないほどの陽気が続いていた。

小春日和《こはるびより》のことを「インディアン・サマー」と呼ぶのだとラジオで教わったのは何年前のことだったろう。ラジオの受け売りは秋の披露宴で知ったかぶりに何回か使わせてもらったが、今年は「小春日和」などと穏やかな日だまりのような表現ではまどろっこしすぎる日差しの強さで、まるで夏の終わりのような、動けば汗ばむ一週間だった。

こんなに暑くては野も山もなかなか紅葉しきれず、美しく鮮やかに染め上がるのはまだまだ先のことになりそうだった。テレビでは、旅番組の恒例として、熊本の菊池渓谷や大分の耶馬渓など、紅葉狩りの名所が紹介されてはいたが、レポーターの案内にも迫力が欠けていた。

そんな最中、盛岡から新郎新婦を迎えての披露宴を担当することになった。

折しも今年の夏、私は岩手県の早池峰山《はやちねさん》の麓にある早池峰神社の夜神楽《よかぐら》と、盛岡の

「さんさ祭り」を見に行き、北国の熱気に圧倒されて帰ってきたばかりであった。

毎年欠かさずに行く宮崎県の高千穂神楽や島根県の出雲《いずも》神楽とはまた趣が違って、歌舞伎や日本舞踊のような所作とお囃子《はやし》がダイナミックで新鮮であった。それにも増して、盛岡市の大通りを太鼓とさんさ踊りの列が波のように押し寄せてくる興奮。祭りのフィナーレで見よう見まねで輪の中に加わり踊ったこと……。今も「盛岡」と聞くと、躍動感溢れる太鼓の音が近づいてくるような気がするのである。

「来年の夏も必ず行こう。今度は八幡平《はちまんたい》や遠野《とおの》にも行ってみよう」と決めていたところだった。

打ち合わせには、新郎の弘樹さんの両親が来られた。主役の二人は盛岡にいて前日にしかこちらに帰ってこないので、準備は全て北九州の両親で進めているのだった。出席者は六十人程度。媒酌人もいないし、お色直しもない。花束贈呈もケーキもキャンドルもない。

「スピーチも、何せ本人が忙しいのと遠いのとで、まだよく分からんのですが、何とかなるでしょうか」と、父親は心配そうに私の顔を窺う。

「実は、結婚式は去年の春にもう盛岡で済ませとるんですよ。会社の上司の方とか同僚の方がたくさん来てくれて、披露宴も新婚旅行も終わっとるんですよ」と、母親が横から説明を加える。

「もう子供もおるんです、女の子が。その席次表の、ここにいる瑞希というのが子供です」

「それで、今回は盛岡まで行けなかったうちの親戚と、息子の恩師や友達を呼んでいるんですが、何しろ披露宴と言っても、もう一年が経っているもんで……」

「それなら『結婚お披露目の会』と柔らかくしましょうか。『新郎新婦』という言い方もやめて、名前で通しましょう。盛岡の時とは一味違う、形式張らない会にしましょう」

「できますかねえ」

「よろしくお願いしますねえ」

「大丈夫ですよ。どうぞお任せ下さい」

両親は初めて表情を緩めた。実直そうな夫婦である。

「お父さん、全部お話しといたほうがいいんじゃない」

妻に促されて、夫は再び頬を引き締めた。

「去年の四月に結婚式を挙げたのですが、一週間後に盛岡の、嫁のお母さんが急死しまして。一カ月後にはこちらでの披露宴が決まっていたんですが、そんなわけでできなくなってしまって。喪が明けるのを待って、やっと準備まで漕ぎ着けたわけでして……」

「盛岡から帰ってちょうど一週間目でした。息子から電話がかかったんで新婚旅行の報告かと思ったら、お母さんが心筋梗塞で亡くなったと言うでしょ。まさかね。結婚式の時は元気で健康そのもので……」

「とてもよく気がつくいいお母さんでねえ」

「結婚式を終えてヤレヤレと言うとったら今度はお葬式で、また盛岡に飛んで……」

一年前の驚きと動揺を、お互いが言葉を奪うように甦らせる。律義な夫婦は、縁を結んだばかりの嫁の実家の不幸に誠実に対応したに違いなかった。

「嫁のショックが大きくて……。お腹に子供がいることが分かってからは、何かにつけて余計に思い出すんでしょう。とにかく病気だったとかで予測がついていればともかく、全く突然のことだったたんで落ち込んでしまってですね……」

「盛岡へは瑞希が生まれてから一度だけ行ってきたんですがね。何しろ遠いもんで。お母さんがいてくれたら息子たちもどれだけ安心だったかと思うんですよ。面倒見のいい、本当に優しい人柄でねえ。分からんものですねえ」

「今でも『何で』という気持ちなんですよ。結婚式の時も喜んでくれて。ニコニコされて。温かい笑顔で。またお会いしましょうと別れたきりで……」

妻は拳で目尻を拭った。夫の目にも涙があった。

結婚と母親の死との明と暗の節目、そして妊娠・出産と、嫁の啓子さんに押し寄せた人生の波に思いをめぐらせる。あまりにも衝撃的な、喜び悲しみのうねりに、二十五歳の若い心はどのように折り合いをつけ、心の整理をつけたのだろうか。母も娘もともにその日を待ち、最も華やいだ直後の別れだけに、身を絞るような慟哭の深さが思いやられた。つわりやお腹が大きくなっていく過程でも、育児の折々にも、亡き母親を求めたことだろう。

「嫁が果たして披露宴の気分になるものやら、どうかとは思ったんですが、うちのこっちの親戚にもけじめをつけねば。このままズルズル放っておくわけにもいかんもんで思い切ったわけでして。そんなわけなので披露宴もパッとやっていいもんかどうか。しかし、やる以上は来る人に失礼があってもいかんですしね」

父親の悩みは振り出しに戻った。

「大丈夫ですよ、お任せ下さい」

私も振り出しの言葉を繰り返した。

「楽しくやりましょう。おっしゃるようにお客様には失礼のないように。お祝いに来て下さるんですから、楽しんでもらいましょう。啓子さんにも楽しんでもらって、元気になってもらえるように。吹っ切ってもらえるように」

「そうです。本当にそうです」

と、妻はうなずいてくれたが、夫の顔は、

「あんたは他人だからドライに言うが、簡単に割り切ってよいのだろうか。果たしてそんなにうまくいくだろうか」

といぶかしがっているようだった。

しかし、話を進めていくうちに明るい材料があれこれこぼれ出てきた。披露宴の日と瑞希ちゃんの一歳の誕生日が偶然重なったのだ。父親の気持ちの中では、事情はあるにせよ子連れでの結婚披露宴への気後れがあるようだった。が、私は親の披露宴に子供が同席できるなんて、むしろ幸せなことに思えた。そんな思い出のアルバムを作れるのは特別なケースだけだ。言わば選ばれた親子だと言ってもよい。

スリー・ショットの記念の写真を残そう。バースデーケーキを用意してロウソクを吹き消す代わりにナイフを入れる。それも親子三人で手を合わせて――というシーンに繋がっていった。

列席者は皆、新郎の親戚や友人だが、盛岡から啓子さんの父親と母方の祖父母、それに父方の祖母が出席してくれるという。母親亡き後、三人の祖父母が協力して手を貸してくれ、瑞希ちゃんの面倒を見てくれていたのだと、北九州の両親が心から感謝している様子が伝わってくる。

「そうだ、盛岡のおじいちゃんとおばあちゃんにプレゼントを用意なさいませんか。若いパパとママからの感謝のプレゼント。きっと喜ばれると思いますよ」

「それはいいかもしれん」

私の提案に両親はすぐに乗ってくれた。

もう一人、弘樹さんが生まれた時からずっと可愛がってもらっていた父方の祖母も出席するので、こちらのおばあちゃんにもということになって、四人の祖父母へのプレゼント贈呈が組み入れられた。

高校時代の野球部の先輩や同期や監督さんとは今も親しく交流が続いていて、鹿児島や、大分や佐賀からも来てくれる。何と部員全員が出席である。そこにマイクを向ければ楽しい話が引き出せそうである。この両親にとっても顔なじみの懐かしい名前ばかりなのであった。彼らは皆陽気で、セミプロのミュージシャンもいるという。近々パパになる後輩もいて、資料はもう充分であった。あとは、手にした資料をどこでどう散りばめていくかだけである。

十一月は天気予報が当たらない日が多かった。日曜日は雨になると予報していたが、きっとはずれて、快晴に違いないというのが私の予想であった。快晴ではなかったが、秋の雲がふんわりと丸く浮かび、俳句を一句ひねりたくなるような、落ち着いた日和となった。

仕事に向かう化粧をしながら耳だけ傾けていたテレビで、盛岡に近い八幡平の紅葉が紹介されている。手を止めて見ると、画面一杯に極彩色の刺繍をほどこした絨毯《じゅうたん》かと見間違うほど、見事に染め上がった東北の錦秋《きんしゅう》の様子が映し出されていた。

昨日、盛岡から九州入りしているはずの一行も今頃支度の最中だろうが、お祝いの朝の気分になってくれているだろうか。披露宴を楽しみにしているだろうか。期待をしているだろうか……。

「山の紅葉は上から少しずつ下りてくる。秋の峰走りは一歩ずつ下りていく。命を引き継ぐ舞台が幕を開ける。ブナは一番長く葉を落とさない。ブナは働き者。最後の瞬間ブナの葉は金色に輝き、命を芽に引き継ぐのだ……」

重厚なナレーションが続いていた。

今日の仕事との縁を感じ、背中を押されたような気がして、ヨシッと力が漲《みなぎ》ってくる。

私はにわかに仕事人の顔になって、口紅を念入りに引いた。

十三時、弘樹さんと啓子さんの「結婚お披露目の会」が始まった。

「弘樹さんは、M株式会社九州工場総務部経理課を経て、岩手県盛岡支社へと転勤になり、盛岡の地で会社の先輩の方を通して啓子さんと知り合いました。三年の年月をかけて愛を育み、去年の春に結婚式を挙げられました。皆様ご承知のようにすでに子供さんに恵まれまして、今日は結婚のご披露と合わせて、長女・瑞希ちゃんを皆様にご紹介する会となりました。これからのひととき、お二人の末長いお幸せを祈りつつ、瑞希ちゃんの未来に繋がる思い出多いひとときとなりますように、めでたく楽しく過ごして参りたいと思います」

気合を入れて口紅を塗り込んだ唇は、開宴早々から嬉しくなるほどよくまめった。歯切れもいい。この調子で突っ走って行こう！

突っ走ったのは私だけではなかった。野球部の後輩の二人が目立ってよく飲んでいたが、酔いに任せてカラオケで歌い出した。リズミカルに二人とも巧みに腰を動かし、若いエネルギーを爆発させる。

全員が手拍子で注目する中、二番を歌いだす頃から脱ぎはじめ、三番になる頃にはそれこそオールヌード。柄入りのトランクスをステージからヒラリと投げてそのまま歌いながら踊り続けたのである。

曲が終わってトランクスを取りに走る後輩二人。しかし、一瞬早く二枚のトランクスを拾い上げ、奪って走りだした男性がいる。それを追いかける全裸の二人。それぞれのキャラクターが卑猥さを押しのけ、会場は爆笑の渦に包まれた。

オヤッ？ 走っているのは啓子さんのお父さんではないのか？ スキップするように身体を揺らし、上下させながら笑いを取っている。トランクスを両手で高くかざし、テーブルを縫って逃げる逃げる。いつの間にか礼服を脱ぎ捨て、ワイシャツである。

中年の男と全裸の二十代の男二人の奇妙な鬼ごっこは、会場を二周半ほど走ってようやくゴールとなった。

「乾杯の直後、嫁の親として娘婿の親戚へ折り目正しい挨拶をした人とはまるで別人のようだけど、やっぱりお父さんだわ」

映画監督の篠田正浩さんに似た端正な顔立ちが、鼻を膨らませた茶目っ気に崩れ、席に戻るとまた端正に整った。沸かせ方も引き際も的を射ていた。頭の回転の早い、ユーモアを生活の中に秘めている人のようである。「できる男」、そんな匂いのする咄嗟の余興であった。

事情を聞いていた私は、妻の急死から一年が経ったとはいえ、肩を落とし、華やげな

いでいる暗いイメージの夫の姿を想像していたので、救われたような気持ちになり、

「まあ、こんな悪さをするひょうきん者は誰かと思ったら、盛岡のお父様じゃないですか。先ほどの立派なご挨拶をなさった方とはとても同一人物とは思えませんが。若い方に決して負けていませんねえ。走るの速いですねえ。エネルギッシュに皆様を沸かせて下さいました。ご友人のお二人へのコメントは、皆様それぞれの感想にお任せすることに致しましょう」

と言うと、お父さんは両手を挙げたガッツポーズを作り、

「二人のヌードは素晴らしかった」

と大きな声で応じてくれた。

再び会場に笑い声が立ち、心配していた北九州の両親も安堵したように笑顔を大きく広げていた。

どんな悲しみも月日が癒してくれるのだ。妻を亡くした夫は、一年という時の流れに癒されていったのだ。私はその時、そう信じて疑わなかった。

余興の揶揄と興奮を残した空気の中で、まだ少し息を弾ませている盛岡の父に北九州の父がビールを注ぎに行く。盛岡の父は手刀を切った後で喉仏を見せておいしそうにゴクゴクと飲み干した。ようやく実現した娘婿の地元での披露宴を、積極的に楽しもうと

努力しているように見えた。

「盛岡からはあと二人の方々、啓子さんの父方のおばあ様と母方のおじい様、おばあ様がご出席です。はるばるお越し下さって、せっかくですから皆様にご紹介致しましょうね」

私の言葉に瞬時に反応し、軽い身のこなしで、

「そちらに立ちましょうか」

と二人をリードしたのは、父方の祖母だ。さすが盛岡の父の母親である。

「北九州のおばあちゃんもおられるので、紹介してあげて下さい」

と、私の段取りより先に心配りも抜かりない。

米寿を迎えたばかりの弘樹さんの祖母を加えて四人が一列に並んだ。四人それぞれにしっかりとした言葉で、お祝いや列席者へのお礼まで述べてくれ、私の質問にもよどみなく答えてくれた。

礼服の祖父はそこはかとなく品が良く、

「水戸黄門さまのような風格をお持ちですね」

と、これは私の偽らざる感想だった。

祖母たちは申し合わせたようにベージュ地に小さな花模様のツーピースで都会的であ

り、皆背筋が伸びていて、小柄ながらかくしゃくとしている。「お若く見えますね」とか「どうぞお元気で」とか年寄り扱いをしたら叱られそうだ。弱者としていたわったりすれば跳ね返されそうなパワーと勢いに、私の方が負けそうである。この様子なら赤ん坊の世話だって充分できそうである。

それにしても、元気な七十代、八十代を讃える時、一方で、五十代にして断たれた命の儚さや運命の無常を思い知らされる。祖父母の強さと引き換えに、母親の若い命が捧げられたのか……。

重ねた年輪の重みや祖父母の笑顔の温かさに、私はその思いを飲み込む。そして、打ち合わせ通り、弘樹さんと啓子さんから四人にプレゼントが贈られたのである。

披露宴の気分になれるだろうかと言っていた弘樹さんの両親の心配をよそに、もえぎ色の訪問着の啓子さんは、地味ではあったが新婦としてきっちりと役目を果たしていた。時に瑞希ちゃんを膝に抱き上げ、時には笑顔でお酒を注いで回り、お酒を受け、宴の前後には私にも折り目正しく挨拶に来てくれた。

一目で育ちの良さと聡明さが感じ取れた。浅黒くて丸い顔の造りは父方の血筋らしい。大きい鼻は祖母にそっくりである。積極性や大らかさも受け継いでいるのだろう。

母親は何を彼女に残したのだろうか。穏やかな空気の中で私は、彼女の顔に翳《かげ》りを探していたのかもしれない。母親の席の無いことに、寂しい思いに沈んでいないだろうか。九州での披露宴を心底楽しめているだろうか……。

弘樹さんの先輩や後輩による熱のこもった余興が続き、弘樹さんと啓子さんもステージへと招かれた。二人を前にしてギターの弾き語りが始まった。親友が作詞作曲した祝婚歌だ。

大切なのは信じ続けること
大切なのは愛し続けること
幾千万の星の中で出会ったミラクルを忘れないで

澄んだ歌声の熱唱は応援歌となって、二人の心に注ぎ込まれた。会場内は「頑張れよ！」という一つの思いに集約された。いいムード。これこそが私が目指している披露宴だ。皆が優しい目をしてステージを見守っている。皆、いい顔をしている。弘樹さんの両親はとろけそうな表情である。兄弟はいないが、親友や仲間たちに恵まれた息子の幸せに満足を噛み締めているようだった。

祝いの宴はクライマックスを迎えていた。

盛岡のお父さんは？　その瞬間、私の目はおしぼりで顔を覆い嗚咽《おえつ》する男の姿をとらえていた。がっしりとした肩が大きく震えている。娘婿の出身地であるこの北九州でこんなに温かく祝ってもらっているのに、隣に妻がいないない無念、この気持ちを分かちあえない無念で、孤独と切なさが込み上げているのだろうか。先刻のひょうきんな姿がまるで嘘のように打ちひしがれた姿であった。

きっと良い夫婦だったのだ。仲の良い夫婦だったのだろう。

誰もが巧みな歌とギターに注目している。歌とギターに祝福される弘樹さんと啓子さんに注目している。

慟哭は歌が終わるまで続いた。どんな悲しみも時間が解決してくれる。もう吹っ切れたのだと安易に安心した自分の浅はかさが恥ずかしかった。

拍手喝采の中で親友はステージを下り、弘樹さんと啓子さんも自席へと向かう。手をつないで進む二人は、頬を紅潮させ幸せ色に染まっていた。

私も、そして誰も、最後まで啓子さんの母親のことには触れなかったが、きっとあの時、夫のすぐ側にいたのだ。

夫の慟哭は決して孤独感や寂しさではなく、側に来ている妻と話し、感動を分かち合っていたからではなかったかと思えるのである。

「お父さん、泣かないで下さいよ。元気出して下さいよ。私は側にいますから。私はちゃんとここで見ていますよ……」

「啓子、今日はこんなに楽しく祝ってもらって良かったね。私は何も心配していない。あなたならやっていける。いつも見守っているから。応援しているから」

夫にも娘にも、囁きが聞こえていたのだろう。ゆえに娘は凛として九州での役目を果たすことができたのだと思えた。ゆえに夫はその声に咽《むせ》んだのだと思えた。勇気を与えられた感謝の涙だったと信じたかった。

母親の生まれ変わりのように生まれてきた瑞希ちゃんは、丸々としていてしっかりとした顔立ちの赤ちゃんである。

宴席の喧噪《けんそう》に動じる様子もなく、かわるがわる誰かの腕の中で眠り続けていたが、絶好のタイミングで目を覚ましてくれた。

そして、パパに抱っこされママの手に支えられて、一歳のバースデーケーキにナイフを入れたのであった。

花嫁の父

新婦の家に電話を入れた。新郎の連絡先は式場関係者も聞いていないとのことだった。はじめ母親が出て「主人にかわります」と父親が電話口に出てきた。私は少し緊張する。父親が出てくるのは稀なケースである。打ち合わせは式場でするのが普通だが、「自宅まで来てもらえないだろうか」と言う。

少し高台になっている閑静な住宅街の角地に「大野英明」の表札があった。敷地は百坪以上ありそうだが、車四台分の駐車スペースを取ってあるので、建物はそう大きくはない。しかし、緑色の屋根に総タイル、二階はバルコニーが広くがっちりとした造りの家である。大きなソファーが置かれた洋間に通された。

「どうもどうも、こんな所までご足労いただいて」

昨夜の電話の声の主は、苦労人らしい、いかにも瞬発力を感じさせる男性である。

「父親です。一つよろしく」

と、小引き出しから取り出した名刺には「建築資材　大野産業株式会社　代表取締役大野英明」と書いてあった。

中肉中背だが、ドンと構えた存在感がこの家の造りと重なる。アクは強いが、一番頼りになる男の典型だろう。容姿や背格好ではない、内面から湧き出る男の匂いである。奥さんとは恋愛で結ばれたのだろうか見合いだろうかと、にわかに興味が湧いてしまう。一代で会社を立ち上げたのだろう。目の光の強さにも、声の大きさにも、相手をとらえて離さない勢いがあった。

新婦になる真実さんは一人娘だ。成人式を済ませたばかりだが、今時の若い娘にしては地味な印象である。大きな丸い目や下膨れにえらが張ったところは父親似だが、品の良い唇の形や色の白さは母親にそっくりである。スラリと伸びやかな体つきも母親譲りだ。美形と言うよりは愛くるしいと言ったほうが適切だろう。両親の容姿を半々に受け継ぎ、心身に溢れるほどの愛情と庇護を受けて育った甘えと自信が、おっとりとした話ぶりや、その年にしてはゆとりのある物腰から読み取れる。

両親にとっての掌中の玉は、成人式という節目を迎えて光り輝く。父親が名刺を取り出した小引き出しのボードの上には、振り袖を着てポーズをとっている真実さんの写真が飾られている。一枚は全身のもの、一枚は上半身のアップである。

あどけない笑顔をふりまいていた幼かった娘が、大輪の花となって美しく成長した。

安堵と自慢、さらなる期待。まして一人娘である。父親の思いはひとしおだったろう。

短大で栄養士の資格も取らせてある。仕事をしながらゆっくり幸せにしてくれる男を探せばいい。候補になりそうな男は自分の会社の周辺にもいくらでもいる。見合いでも恋愛でもかまわない。急ぐことはない。来年の五月で二十一歳。まだまだこれからじゃないか。慎重に未来の設計図を描けばいい……。

しかし、現実は父親の思いとは大きく掛け離れたところで進行していた。父親が言う「まだ二十一歳」と、娘の言う「もう二十一歳」には埋まらない溝が潜んでいる。妻から「子供が出来ているらしい」と聞かされた瞬間から、父親の苦悩が始まった。

相手の堀内信也さんは、高校時代のクラスメートで、ファーストフードのお店で働いている。正社員ではなく、いわゆるフリーターだ。自分一人の衣食住を維持していくのがやっとのパート勤務である。

付き合っているのを知らなかったこともショックだったが、相手の男の生活力のなさに、よりいっそうショックを受けている。それ以上に腹立たしいのは、まだ妻さえ養っていく力もないくせに、無防備に大事な娘を妊娠させてしまったそのことである。腹の中は煮えくり返っているが、授かってしまった生命をむげに葬ってしまうほどの勇気はない。自らの倫理観が許さない。父親の気持ちとしてはどうにも動きがとれない。

考えあぐねた末に大野家の意向として出した結論が、「人間としてのけじめをつける」ということだったが、実は男の方からは未だに「結婚させて下さい」という言葉を聞いていない。〝出来ちゃった結婚〟とかいう軽薄な言い回しで一人娘の将来が安易に流されていくのが無念で仕方がない。もう少し独身でいれば誇り高くいられたものを……。

こちらがハラハラするくらいに、信也さんへの怒りがストレートに吐き出される。苦々しい口調で結婚を許さざるを得なかった経緯を父親が話す間、当の信也さんはうつむいたままソファーにうずくまっていた。

「そのうちにきちんとご挨拶に来ようと思っていたんでしょ」

私は緊張している彼に笑顔を投げてみた。紹介された時に会釈をしてくれただけで、まだ発言の機会を与えられていないのだった。

「はぁ、いちおう……」

信也さんは消極的な声で中途半端に顔を上げて言った。そんな彼の無気力な態度も気に入らないのだ。父親は何度も舌打ちを繰り返した。

真実さんと同じ弱冠二十一歳である。男としてはまだまだこれからだ。線の細さや気迫のなさを責めるのは酷というものだろう。しかし、質問をしても煮え切らないし、イエスかノーかもはっきりしない。意志が全く伝わってこないのだ。

「本当に結婚するつもりなの？　結婚式の準備をして大丈夫なの？」

話を進めるにつれて私も段々心配になってきた。進行表がなかなか埋まらない。これじゃあ、若いからでは済まされない。小学生でももっとハキハキしていよう。父親も腹立たしそうに再三口を挟んでくる。

「いったいどうしたいのかきちんと話しておかんと。自分の結婚式のことなんだから。真実の身体に無理のないように、これは省くとか、これは絶対はずせんとか……」

次第に口調に怒りが交ざり、腕組みをしてまた舌打ちをする。

「昨夜二人で相談したんじゃなかったのか」

「あ、はあ。いちおう相談しましたけど……」

と、気弱そうに、真実さんに助けを求める視線を向ける。

また「いちおう」である。結婚への責任感がまるで感じられないのである。

真実さんは信也さんのどこに魅力を感じているのだろう。女の子は父親を理想とするとよく言うけれど、よくもまあ正反対のタイプを選んだものだ。本当に彼と一緒になりたいと思っているのだろうか。子供が出来てしまったことで、仕方なく一緒になろうとしているのではないだろうか。特に彼を庇うでもなく、と言ってないがしろにしている風もない。口数の多い方でもなさそうだが、私の問いにはきちんと答えてくれる。彼よりも数段はっきりしている。

「結婚式の頃は四カ月の終わりに入るので、気をつければ大丈夫と病院の先生に言われていて、だから、打掛けもドレスも着たい。ウェディングケーキはできたら自分で作りたい」

と積極的だ。その娘の積極さも親にとっては苦々しいのだろうと思うと、司会者としての意気込みも空しくなってくる。

「結婚式の準備や打ち合わせは、もっと嬉しいもんだと想像していたんですがねえ」

と、父親は組んでいた腕をほどいて肩を落とした。

——手塩にかけた娘をこんな男に託してしまうのか——

失意とやるせない思いが、部屋の空気を重く淀ませていた。

「どうぞケーキを召し上がって下さい。さあ信也さんも食べて」

母親がひとときの沈黙を繕《つくろ》い、明るい声を装った。

「コーヒーが冷たくなってしまいますから」

「ハイ、いただきます」

私は冷めかけたコーヒーをすすった。父親も娘も彼も同時にケーキを口に運ぶ。

「田中さんもどうぞ。ここのは美味しいんですよ」

三つの層が重なってできているチョコレートケーキは、ほどよい甘さとほろ苦さがミックスされた上品な味だった。

「美味しいねえ。美味しい？」

と、真実さんが信也さんに聞く。

「ウン、美味しい」

初めての笑顔だった。あら、「いちおう」とは言わなかったゾ。笑うととても爽やかジャン。何だかホッとする。惚れた女にしか分からない深い部分に、信也さんの値打ちが隠れているのかもしれない。

毎回そうなのだが、とても他人事ではいられなくなる。たかが披露宴のプログラムを決めるだけの打ち合わせのようでも、二人の出会いや趣味やデートの場所、プロポーズのシチュエーション、結婚の決め手となった出来事や交わし合った言葉など、諸々を取材していくうちに、両親の性格や両家の日常まで見えてくる。数少ない例外を除いて、すっかり家族のような気持ちになってしまうのである。

披露宴出席者の席の並び方にも父親は苦慮していた。新郎側は母親と祖母と妹と弟、それに友人二人の六人だけである。新婦側は五十三人。これでも大分削ったのだそうだが、結婚後、信也さんは大野産業で働くことになっているので、仕事関係はこれ以上削れないと頭を抱えていた。

通常、司会者の仕事の範疇《はんちゅう》にはない作業だが、父親と顔を突き合わせて席の順番を決めるのを手伝うことになった。口には出さないが新郎側に身内が少ないことと、あまりのアンバランスに社長としての体面が保てない苦渋がありありと感じられる。

「そんなに気になるのでしたら、肩書や続柄を入れないで、名前だけの席順表にするというのはいかがでしょうか」

苦肉の策で私は提案してみた。

「その手がありますか。しかし失礼にならないかなあ。そんな例がありますか」

「ハイ、何回かありました。会場に入る時に自分の席を確認するための案内状だとすれば、名前だけで充分足りるってことですよね」

「肩書も続柄もなくてもいいってことになりますね、そう考えれば」

「そうすればどこまでが新郎側か新婦側か分かりません。まあ深く詮索すれば分かるでしょうけど」

「ウーン、それでいこう、なっ。役職のある人には失礼かもしれんが、それしかない」

父親は少し元気になって妻に同意を求めた。

「役職のない人にとっては、そのほうがいいじゃないですか」

妻はあっさりと答えた。

「常務とか部長とか課長とか何にも披露宴に必要ないもん。いらないよ。信クンはまだ会社に入ってないんだし」

娘もあっさりしたものである。そのあたりは母親似らしい。どうも女の方がいざという時には肝が据わるようである。

妻と娘の言葉で父親は腹を決めたようだった。

結局、役職や肩書や続柄は省き、表紙には「御席ご案内表」とすることで、席表については一件落着した。

「おおっ、もうこんな時間ですか。いやあ内々のことまで聞かせてしまって申し訳なかったですな。時間を取らせてしまって」

ようやく解放されて外に出ると、早春の夕焼け雲が目に飛び込んできた。濃淡に織られた何本ものオレンジ色の帯が北九州の空を自在に覆い尽くしている。美しさに圧倒されて、しばし立ち尽くす。

ふいに、天国とか極楽とか言われる場所はこういった所なのかもしれないとの思いが、私の心をとらえた。

この雄大な広がりの下にあって、私は何をしているのだろう。人間は何をしているのだろう。なんと小さな事にこだわっているのだろう。今しがた父親が溜め息混じりに吐き出した不満の数々など、取るに足りないことなのではなかろうか。悩んでいたことや怒っていたことが何でもないことのように思えてくる。

天と地の間には人間の測り知れない法則があり、目に見えない道筋ができていて、私たちはその見えない道筋を知らず知らずのうちに辿らされているのだ。

真実さんと信也さんがクラスメートとして出会ったのも、愛し合うようになったのも、予想外の妊娠も、その法則によってすでに計画され、決定づけられていたことではなかろうか。それを運命と言うのなら、流れに任せるしかないのである。

人間の尺度でいくらあがいてみても、たとえ父親であっても抗えない、宇宙の法則が厳然としてあることに人は気がついていないのだと思う。そしておそらく、多くは死ぬまで気がつくことはないのかも知れないと思った。

今年の春、偶然に大野家の近くに行く用事があった。ちょっと遠回りにはなるが、ふと気になって門の前まで車を走らせてみた。庭を覗くと玄関まで続く敷石に見覚えがあった。木瓜《ぼけ》の花が恥じらうような紅色にこぼれ咲いている。車を最徐行させて庭の奥を見渡すと、あった！　三輪車だ。赤い色だから女の子なのだろう。

結婚が決まった時から、ここに同居すると言っていた。今もそうなのだろうか。若い二人はうまくやっているだろうか。信也さんは男らしく、骨っぽくなっただろうか。二人目の子供はどうなんだろう。あの両親に変わりはないかしら。

あの日の大野家の光景が蘇る。口をへの字に曲げ、不機嫌に娘の彼を睨んでいた父親の姿が蘇る。

披露宴で列席者への謝辞を述べた時、

「ここにこうして立っていても、怒りで胸の中はまだ穏やかではありませんが……」

と過激に始まってドキドキしたことを思い出した。感涙ではなくて、悔し涙で声を詰まらせていた……。

四年足らずの年月は、父親の心情を穏やかな落ち着きへと導いただろうか。

親というのはいったい何なのだろう。子供が結婚によって大きくなろうとする時、親も忍耐と大らかさを学ばなくてはならないのである。親業をこなしていくというのは何と切ないことだろうか。そして、親である切なさは子供がいくつになろうと止まることはないのである。

信也さんと真実さんも親になって、もう充分に親の気持ちというものが分かっているはずである。

赤い三輪車が、家族の関係を円滑に回す役割を担ってくれているように私には思えた。父親は「おじいちゃん」となって、娘の時よりももっともっと甘い顔で孫娘と向き合っていることだろう。

私は、それぞれの顔の輪郭を手繰り寄せ、孫娘のシルエットを想像してみる。胸に染み入るように温かい木瓜の花の色が、大野家の家庭の色だと思いたかった。

いや、きっとそうに違いない。

私は自分に言い聞かせて、アクセルを踏み込んだのだった。

消えた「弟の出番」

「私に」と指名を受けたわけではないが、偶然、以前の新郎新婦に繋がる人たちと再会することがある。

元新郎の弟だったり姉だったり、元新婦の従兄弟だったり、友人だったりが、今度は正真正銘の新郎新婦として、司会者の私と関わることになる。初めての顔合わせで、お互いに「アラッ」と気がつき、

「何年前になりますか？」

「何月何日でしたっけ？」

と、まず記憶を辿ることから話が始まる。

会場担当者からあらかじめ、

「田中という司会者が担当します」

と聞かされているはずだが、「田中」の姓はどこにでも転がっているので、私とは結びつかないのである。と言うより、姉の時や、弟の時の司会者の名前など覚えていないと

いうのが正直なところだろう。

中には、私と知ってか知らずにか、そんな予備知識を全くくれずに、私も気がつかないまま、当日がやってくることもある。

披露宴の直前になって、見たことのある新郎の（あるいは新婦の）両親だと思っているると、向こうも私をじっと見つめている。

「やっぱり……。長男の時にしてくれた司会者さんやった。その節は……。今度は弟の方です。まあ、兄弟で同じ人やなんてねえ。式場は違うのに、偶然ですねえ」

と、答えを出してくれ、

「長男の時」には良い披露宴だったと喜んでもらえただろうか……。両親の顔色を探り探り、「今度も私で良かったと思ってくれているだろうか？」と、疑心暗鬼で宴が始まる。

「兄の時は嵐で、長女夫婦がなかなか到着しなくて、ギリギリまで始まるのを待ってもらったり、ご迷惑をかけて……」

などと聞くと、

「ああそうだった。あの時の……」

宴の半分が過ぎた頃、やっと到着した姉夫婦を拍手で迎えた、あの披露宴。

嵐の中をぬって駆けつけた義兄と姉は、息を弾ませながら、新郎である弟に手を振って、

「今、着いた！」

と、叫んだ。

その時の新郎が、今日は家族の席に座っている。

妻との間には男の子が一人。

「私、司会をおおせつかりました田中と申します。本日の新郎側瀬戸家のご家族ご親族の皆様とは、三年前の九月に、お兄様の陽一郎様のご結婚の折にもご一緒させていただいております。三年ぶりにお顔を拝見して、大変嬉しく、懐かしく、それだけに緊張の度合いも高うございます」

と、投げかけた視線に、三年前の新郎新婦は会釈で応じてくれた。

幸せそうな笑顔に、責任を果たし終えたような気持ちにさせられ、胸が熱くなってくる。自然、私の声にも親近感が混じる。

どんな歌にも合わせて即興で踊る伯父さんや、美空ひばりの歌がとびきり上手い粋な着物姿の叔母さんが、宴の中盤を盛り上げてくれ、

「たしか、前の時にも……」

親族の芸能班に名を連ねる人は、やはり印象が強く、三年経っても記憶に残っているものである。

正月明けの五日にKホテルでの司会が入っていた。打ち合わせは十二月二十四日、クリスマスイヴの夜であった。Kホテルのロビーはそれらしい飾り付けがほどこされ、最上階では有名タレントのディナーショーが催されていた。

大晦日を数日後に控えたこの時期になると、何か浮足立って、仕事よりも私の中の主婦の部分が密度を増してくる。子供が成長した今は、これといったクリスマスの予定はないが、年の暮れ、年明けに向けて、一年中でやり残したことが急に気になり始めるのである。

家中を見回せば、埃の乗っかった障子の桟《さん》や、神棚や、サッシにこびりついた汚れや、水回りの水垢が「さあ、どうしてくれるのよ」と言わんばかりに、やたら目に飛び込んでくる。

来年こそは寒くならないうちから小まめに掃除をすると、去年の師走にも誓ったはずであった。またまたこの有り様で自己嫌悪である。

掃除のプロを頼むにはお金がかかるし、ここまで汚れているのを人目に晒すのも恥ずかしい。「正月が夏に来れば掃除も楽なのに」と、たとえ夏でも同じくせに、ブツブツ言いながら、年末年始ぐらいは掃除も料理もきっちりやろうと、かなり真面目な主婦に変身する。

できることなら、年始の一月十五日ぐらいまでは仕事のことなど忘れていたい。すでに頭の中には仕事のかけらもなく、一年分の模範主婦志向で一杯である。

そんな中での打ち合わせは正直言って気乗りがしない。エプロンを外し、「エイヤッ」と気合を吹き込み、かろうじて司会者の顔に化けてKホテルに出向いていった。

大山家、広津家の打ち合わせが年末の二十四日になったのは、新郎が中学校の先生で、冬休みを待っての段取りであった。なるほど、挙式が一月五日というのも納得である。

英語を教えているという彼は、ちょっと神経質そうだが、よく気がつく好青年である。東京の証券会社に勤める彼女とは、中国、韓国など東南アジアを数カ月かけて旅する「青年の船」で知り合い、長い遠距離恋愛の期間を経て結ばれた。

頭の良さそうな彼女は、中国への留学経験があり、英語、中国語ともに堪能である。彼も英語だけでなく韓国語も話せるというアジアン志向のカップルは、二十代にして話題も豊富で、スケールの大きさをうかがわせる。

付き合いの範囲も広いらしく、全国各地から年齢も職業もさまざまな多くの友人の出席が決まっていた。海外からもアメリカ人、カナダ人、中国人の三人が来る予定で、三人全員にスピーチを頼むという。

「順番は誰からでもいいです。適当に指名してくれれば、何か言ってくれると思います」

と、軽く言われて、私はうろたえる。

「あの、恥ずかしながら私、英語も、中国語も……」

最後まで言うより先に、

「通訳は必要ないです。彼らはみんな日本語が話せますから」

「カナダ人の友人は、日本人より日本語が上手いかも」

「あとの二人は片言ですけど、ほとんど分かります」

「日本語で紹介して、どうぞと言って下さればいいです」

彼と彼女は、口々にフォローの手を差し伸べてくれた。

私は金銭的ランクの高さに対しては平静でいられるが、知的レベルには過剰反応する体質である。

同じ日本人なのに、行動範囲がこうも違うのは何故？　交際範囲がこうも違うのは何故？　三カ国語も操れるのは何故？

「天は二物を与えず」と言うけど、これは絶対に嘘だ。私は、冷たい印象を与えるほどに整った彼女の顔をつくづくと眺めた。彼も明快な話し方や身のこなしがいかにもエリートである。中学校の教師の中でもおそらく特異な存在なのに違いない。

アメリカやカナダや、あるいは中国に行くことを、まるでひょいと隣町にでも行くような調子で話す。多分同じノリで外国からの出席者たちも身軽にやって来るのだろう。

二人と話していると、脳の細胞が刺激され、私の中のプロ意識が呼び戻されて、いつの間にか全開になっている。やりかけの掃除のことなど、とっくにどこかに吹っ飛んでしまっている。

しばらくして彼女の母親と、もう一人同年代の女性が加わった。

母親が「私の姉です。結婚式を経験したばかりなので参考になるかと思って、今日は付き添いで同席してもらいます」と説明する。母親の姉と見つめあった瞬間、私は思わず「ウッ」と声を上げそうになった。

「まさか!」

間髪を入れず母親の姉が、

「ああ、長女の時の……」

と声を発した。新婦の母親が、

「あーあ、それで。どこかで見たことがあると思った。由布子ちゃんの時のね」

と言って、私が手渡した名刺を覗き込んだ。

「田中さん、そうそう、田中さんだった」

にわかに苦い記憶が脳裏に広がっていく。

忘れようと努力して、ようやく薄れかけていた、司会者として痛恨の思いをした出来事であった。


去年――。

秋の結婚シーズンを迎えての一組目の仕事だった。秋の装いでシックに決めるにはまだ残暑が強すぎる、九月の大安吉日の土曜日。

この日、M式場小倉店では、七組の披露宴が組まれていた。その中で私は二番目に大きい「ローズの間」で二組をこなす予定であった。

一組目は十二時開宴、二組目は十五時開宴、三組目は十八時開宴で、一組目と二組目が私の担当である。

十二時からの宴はこれといった波乱もなく十四時きっかりにお開きとなり、私は二組目に臨もうとしていた。

上堀内家・吉井家の宴は、十四時五十分に迎賓、十五時、新郎新婦並びに媒酌人入場と、少し時間に余裕を持って順調に始まり、一二〇名が円形の散らしテーブルに収まった。

幼稚園の先生である新婦・由布子さんには、徹さんという弟がいる。異性同士にしては際立って仲の良い姉弟だと聞いていた。

由布子さんを夢中にさせ、彼女の方から結婚を迫ったという新郎の智秀さんは、徹さんの高校時代のサッカー部の先輩という間柄でもある。

その徹さんから遅れるという連絡が入ったという。何かトラブルで新幹線が止まっていて、運転再開を待つか、在来線に乗り換えるか、とにかく様子を見てそちらに向かうということらしかった。

何とか間に合ってくれればいいが……、と両親も新郎新婦も気を揉みながら宴は始まった。

一二〇名という盛大な数での宴席は、一人の空席などどうということはない。私も徹さんのことはすっかり忘れて役目に没頭していた。

限られた時間の中で、あらかじめ予定されていたスピーチや余興をとにかくこなしていく。一二〇名もいればお酒の勢いで飛び入りも出てくるのが常だ。断ると、捨て台詞を吐いていく人もいる。何が何でもと食い下がる人がいる。代理人がやって来て、何とか歌わせてやってくれと凄まれたりもする。

「そんなこと言ったって、そんなこと言ったって！」

大安の日曜日はどうしようもない。終宴一時間後には次の宴席が控えているのだ。

私たちの間では、この一時間の立て替えを「ドンデン」と呼んでいた。

「この部屋ドンデンですか？」

「ドンデンだから時間厳守で頼むよ」

という具合である。

前の宴が終わるや否や、係の人たちがドッとなだれ込んで、料理の食べ残しを集め、汚れた食器を片付ける。テーブルクロスが剝ぎ取られたかと思うと、糊《のり》のきいた美しいクロスが瞬く間にテーブルを覆う。待ち構えていた花屋が新しい卓花を飾り、ナプキンが立てられ、ナイフやフォークが並べられる。絨毯の上では業務用の掃除機がうなり声を上げて躍っている。

部屋のリーダーが「あと十五分」、「グズグズするな」、「てきぱきとやれ」と活を入れる中、手品のように手早く席札が置かれ、同時に引き出物の袋が椅子の上に並べられる。まさに戦場、ドンデン返しなのである。

進行の確認のミーティングが始まる。続いて新人のパントリーを中心にマナーのおさらいが行われる。

「いらっしゃいませ」、「お待たせいたしました」、「かしこまりました」、「少々お待ち下さいませ」

新人だけでなくパントリーは皆一様に、不自然に両手をおへその辺りで重ね、頭を下げる角度まで直される。

「声が小さい！」、「笑顔、笑顔、笑顔！」、「姿勢を伸ばす！」

と、慌ただしく、リーダーも大変である。

司会者はこの間、祝電に目を通し、読む順番を整理する。順番や名前の読み方が不明なら、新郎や新婦のいる控室まで確認に走らなければならない。

結婚の祝電は、ほとんどの場合本人の手に渡る前に司会者の手によって封が切られ、まず「祝電披露」の手順を踏むのである。二十通ぐらいなら、どうということはないのだが、百通も届いていたりすると、この整理だけでも大仕事なのだ。一つ一つビニール袋から取り出して表紙を中へ折り返し、読みやすいように重ねておくのは、けっこう手間のかかる作業なのである。

そんな時に限って、父親が会場に入ってきて、

「これとこれは必ず読んでくれ」

とか、

「これを最初に、次がこれで、その次が……」

とか、新郎新婦の意向に関係なく、うるさく注文をつけてきたりする。こんな場合はたいていが父親宛てで、差出人は○議会議員だったり、○○会の会長だったりする。

「本人宛てのものが後回しになって、ちょっと違うやろ?」

と思うが、グッとこらえて指示に従う。

ドンデンの場合、こんな状況下では新郎新婦に許可を取りつける暇はとてもない。

従来の電報の様式のほかに、大判のものやウイスキーのボトル型のもの、最近ではキャラクターのぬいぐるみが筒を持ったり背負ったりして、その中にクルクル巻いたメッセージの紙が入っているもの、扇形のものなど、多種多様である。

「いろいろ考え出して作り出してくれるよねえまったく。一つにまとめられなくて、あっちこっちに並べて置かなきゃならないのよ!」

と、愚痴ったところで誰が手伝ってくれるわけでもない。

ぬいぐるみ電報が登場してからは、ミッキーマウスやドラえもんやキティちゃんが十個以上もフロントに届いていたりして、「祝電という荷物運び」も仕事に加わった。業者のもくろみの陰で、実は司会者泣かせだったりするのである。

ドンデンのドタバタに煽られながら、祝電の整理作業を終え、宴席係のチーフと進行の最終チェックを行い、化粧室に走る。白粉で顔をたたき、口紅を上塗りして出て行くと、もう媒酌人と両親に囲まれて、晴れの二人が金屏風の前に並ぶところである。これより迎賓。さあ次なる戦いの始まりである。


上堀内家・吉井家の宴席は、まさにその大安の土曜日の、ドンデンの真ん中に組まれていた。

披露宴を誘致した営業の女性は「少々の時間なら延長はできますよ……」とか何とか甘い口ぶりで濁して「一件獲得」となったのであろう。もちろんそんな裏の事情を知らない両家は、少しぐらいは長引いても構わないだろう、こっちは金を払っているという意識が先に立つ。

ところで、新婦の弟の徹さんがようやく会場に姿を見せた時、姉は二回目のお色直しに出た直後であった。席に座らないまま、母親とそそくさと会場から出て行くのは、姉に今ようやく着いたという報告と、「おめでとう」を伝えるために違いない。

メインテーブルにポツリと残された新郎をステージに引っ張り出して、会社の同僚が郷ひろみの歌を「ア・チチ・アチ……」と歌い始める。大きく腰を振り、新郎もなかなかの役者である。

次に登場したのは新婦の叔父、父親の弟である。「娘よ」を歌うことになっていて、新婦が在席している時にと随分ねばられたが——余興のほとんどの人がそう言うのだ——応じていたら時間内に収まらない。ここは新婦に贈る歌と言うより、宴会のノリでやってもらうしかない。「娘よ」は両親に向けて歌ってもらおう。

「申し訳ありません。お汲み取り下さい」

とバッタのように頭を下げてしぶしぶ承知してもらったのだった。せめて気分良く歌ってもらおうと、

「嫁に行く日がこなけりゃいいと、男親なら誰でも思う——お届けしましょう『娘よ』」

などと、見え見えのクサいナレーションで歌に入ってもらう。さっきまで渋っていた顔がたちまちにこやかになる。高音のよく通る声で、説得力のある歌い方である。新婦に聞かせたい気持ちがよく分かる。新婦の父親もしんみりと聞き入っている。

だから、お色直しを二回もしないで会場の中にいて欲しいと思うのに……。新婦の席をほとんど空席にしてまで、着せ替え人形にどうしてなりたがるのだろう。オットット、

歌を聞くために披露宴をするんじゃないという反論が返ってきそうである。

会場の衣装部も、

「せっかくですから、これもそれも着られたらいいですよ。赤もお似合いですよ」と、迷っている母親を乗せて、売上げに貢献する。「将を射んと欲すればまず馬を射よ」である。母親を見方にすればこっちのものだ。

初めは打掛けとウェディングドレスだけでいいと言っていた新婦が、段々とその気になってくる。それなら赤いドレスで写真だけでも撮ろうということになる。写真だけで当日は着ないつもりが、今度は母親に煽られて欲が出てくる。「せっかく借りるのだから」ということになる。着ないと損のような気になるのだろう。

「ちょっとだけ着て出て、すぐに退場したらいい。司会者さんがどうにでもしてくれますよ。プロですからお任せ下さい」

衣装部がいい加減な太鼓判を押して、プラス一枚成約決定である。その結果の尻ぬぐいは、全て司会者に降りかかってくる。ちょっとだけ着て出てすぐに引っ込むなんて、簡単に言ってくれるけど、司会者はより小刻みな時間配分と野暮ったい演出のノルマを課せられたということである。

「娘よ」が三番に入ったところで、母親と徹さんが戻ってきた。母親がそのまま私のところに近づいてくる。

「弟がやっと着きました。遅れたお詫びに一曲歌いたいと言っているので、入れてやって下さい。仲がいいんですよ、小さい時からずっと。新郎は高校の先輩で……兄のように慕っていて……。お願いしますね」

母親は私の耳元で叫ぶと、安心したように席に戻っていった。今度は徹さんの耳元に口を寄せる。「頼んできた」と報告しているのだろう。

歌に掻き消されて途切れ途切れにしか聞こえなかったが、とにかく徹さんの歌を入れて欲しいという依頼であった。依頼というより命令に近かったが。

あと二人歌の予約が残っているが、一人は飛び入りで言ってきたので「時間があればば」と断ってある。これはキャンセル。気の毒だが、当然弟さんが優先であろう。

もう一人に歌ってもらっている間に新郎新婦入場の支度完了となれば、私の思う壺である。キャンドルサービスを終え、徹さんに歌わせてから花束贈呈——どうにか時間内に収められる。あとひと山の踏ん張りである。

気持ちを引き締めながらキャンドルサービスのナレーションを確認していたら、母親がいつの間にか横に立っている。

「スミマセン、弟の歌は新婦が……姉が来てからにしてくださいね。ギターを持ってきているんですよ。聞かせてやりたいので、お願いします、ハイ」

この母親には、母親としての勢いのようなものがある。土壇場に強い底力を蓄えているような女性である。煩《うるさ》がられながら、その実きめ細かい温かさで子供を守ってきたのだと思わせる、昔ながらの母親の匂いがあった。

「姉ちゃんがいる時に歌わせてもらえるやろうか」

そんな息子の呟きを受けて、

「そんなら頼んでおかんと。司会者に言ってくる」

即座に伝令係の役目を買い、黒留袖の裾を大きく割って、ワサワサとやってきたのだった。

「ハイ、もちろんそのつもりです。入場の後に入れます。最後の歌い納めになります」

私は大きくうなずいて笑顔でキッパリと応じた。安心したように母親はきびすを返す。お母さんの気持ちも姉弟の思いも先刻承知。わざわざ確かめに来なくても段取りバッチリよ。私に任せんね！

理想の展開になると確信していた。弟の演奏は温かく歌も上手いに違いない。この辺の司会者としての私のカンは信じていい。きっと心を込めて歌い上げてくれるだろう。

そのまま一気に両親への花束、お開きへ……。

「この姉弟を育てた親」を讃える意味にもなれば、母親にもよりいっそう喜んでもらえるはず。

私の描いた〝感動編・終章ストーリー〟は完璧のはずだった。私は椅子と譜面台を用意するよう会場係に頼み、ギターに備えた。

新郎新婦は大きなメモリアル・キャンドルに点灯を終え、列席者からの拍手の嵐に至福を噛み締めている。会場はまだ明かりが落とされたまま、各テーブルに灯されたキャンドルの灯火《ともしび》だけがチロチロと揺れて婚礼ムードは最高潮である。

披露宴ボケしている私には、時に「バカくさい」と思えたりもするのだが、人は皆こうした場面が基本的に好きだ。灯火には、どこかDNAに隠された憧憬があるのだろう。

そして、特に年配の人たちは男女を問わず、幸せに輝く二人の手によって点火される瞬間、目の前のキャンドルをいとおしげに見つめるのである。

そんな光景を目の当たりにする時、披露宴の「心」を呼び起こされる。私は何と大切な場面に立ち会わせてもらっているのだろう。披露宴ボケしてはいけない、慣れてはいけないと反省させられるのである。

たとえ義理で来ている人であっても、一人一人の心に去来するさまざまな思いがある。遠く古来より受け継がれてきた家庭の灯火に思いを馳せ、親子関係や夫婦関係や嫁姑のことや、古くからのしきたりのことなど、断片的であれ何かを感じる瞬間なのだろう。

スポットライトに二人のシルエットが映る。

新婦の甘いピンク色のカクテルドレスとはちきれそうな笑顔が、なるほど幼稚園の先生だと納得である。先刻、受け持ちの「桃組」の園児たちからのテープによるお祝いメッセージには目頭を押さえていたが、ドレスが変わって「可愛いーい」、「ヒューヒュー」などと言われながら、その声を楽しんでいる様子が微笑ましい。

私も瞬時、新婦の花びらのような愛らしさに見とれた。

その時、私の目の前に一人の男性がヌッと現れた。男性は新郎の高校時代の恩師だと名乗った。

「この後、ひとこと言わせて！」

と、もう私のマイクを奪わんばかりの勢いである。

「申し訳ありませんが、もう時間が……。予定ギリギリに詰まっていますので。ごめんなさい」

私は即座に、早口で断った。ここで一分二分でもロスは困るのである。取り急ぎ弟の徹さんの歌に入らねばならない。ステージの上には椅子とスタンドマイクと譜面台がすでにセッティングされ、スタンバイＯＫである。徹さんを紹介しかけたその時、

「エー、私は新郎の高校時代に体育の担任だった藤江でございます」

野太い声が会場に響き渡った。

「ム？　やられた」

「エー、司会者さんからもう時間がないのでダメだと冷たく断られたのですが、この素晴らしいお祝いの宴を終わらせるのは、まだ惜しい気がしております」

誰から受け取ったのか、ワイヤレスマイクを握っている。

「今日は、私はただ黙って飲んで食べていればいいと言われて参りましたが、恩師としてひとことお祝いの言葉を新郎に言いたいと思って、こうして勝手ながらマイクを持たせていただきました。司会者さん、スミマセン。しかしアンタは冷たい！　時間なんて無限にある。若い二人にとって時間は無限大であります。皆さんどうです？　ゆっくりやろうじゃありませんか」

そうだそうだと、拍手が湧き起こる。話し方にリズムがあって、何かお祭りの呼び込みのようで、妙に面白いのである。

「ご賛同ありがとうございました。さて何を話しましょうか……。私は新郎の運動神経のよさを知り尽くしております。はっきり言って運動神経バツグン！」

と左手の拳を高々と挙げる。

「きっとたくさんの子宝に恵まれることは、恩師であるこの私が保証します。新郎頑張れ！　早速頑張れ！　今日から頑張れ！」

会場がドッと沸く。悔しいけれど、みんな喜んでいる。全員が一つに溶け合い笑いがさざ波となって寄せ返す。新郎も新婦も父親も母親も媒酌人もみんな、これからどんな展開になるのかと期待に満ちた顔で見守っている。

アルバイトのお運びの女の子も、エレクトーン奏者も……、私とごく一部の数人を除いて、誰もがその期待の渦中にあった。恩師の声は講談のように大きく小さく、会場のムードを見方につけて、もうノリにノリまくっている。

ひとこと発するたびに、拍手と笑い声は一段と高くなり、とうとう恩師は新郎新婦にインタビューを始めた。

「高校時代、君はサッカーは上手かったが、女子との付き合いは下手やった。先生はよう知っとる。どうやってプロポーズしたんか？　先生の問いに答えよ！　行動が先か言葉が先か二十字以内で答えよ。新郎起立！　嫁さん……嫁さんは着席。私の教え子じゃないからアナタには命令はできんネ。あっ、教え子の嫁さんなら教え子と同じようなもんじゃネ。もとい、やっぱり起立！　もっとひっついて。ハイ、カメラマンここでポーズ！」

などと、恩師ならではの強引さで、インパクトの強いインタビューである。

「司会者より上手い！」

という言葉が苦々しく耳に入った。素人の恐さ、素人の無謀さの底力である。

本来これが本当の祝いの宴なのだという思いが、私のプロとしての常識や分別を消極的にさせる。

しかし……、予定を大分食い込んでしまっている。

「先生、先生！　そろそろ結論を……」

と、マイクを通じて呼びかけてみた。その私の牽制にもドッと笑いが起きる。無視して喋り続ける先生の態度に、また笑いが起きる。絶体絶命である。

「いい加減に切れんの？」

と、会場の担当チーフが私ににじり寄って言い捨てる。

「切ります、切ります。あのォ、もう一曲入れたいんですがダメですよね？　新婦の弟さんがスタンバイしているんですけど。今日のために練習して……」

「何、とぼけとんね！　一時間ドンデンやろ！　今でさえずれ込んどるのに」

チーフの苛立ちはもっともである。

「分かりました……」

私は声だけでなく、気持ちも消え入りそうになる。

「早く何とかしてよ、プロだろ」

いつもこうである。

「プロだろ、プロだろ」

時間のことも、客とのトラブルも、披露宴の出来具合も、そのひとことで括ってしまう。そのひとことで責任を負わされる。何と割に合わない、ただ心地よいだけの、お手軽な「プロ」という響き……。

私は母親と弟の席に走る。

「すみません。ご覧の状況で時間がなくなってしまいました。歌はカットさせていただきます。申し訳ありません」

そう言うしかないではないか。先生の話に笑い転げていた、母親と弟の表情が固まった。明らかに「承服できかねる」、「約束が違うではないか」という顔である。

「娘も楽しみにしているんですよ。遅れて来た分、歌わせてやって下さい」

母親はそう言って、拝むように手を合わせた。

「一番で止めますから、入れてもらえませんか。姉にも、新郎にもひとこと言いたいし」

「ごめんなさい。申し訳ありませんが、どうにもならないんです。次の披露宴がすぐ始まるんです。この部屋なんです。お許し下さい」

「時間は少しぐらい長引いても構わないと、岡田さんが言ってましたよ」

岡田さんとは、営業の女性である。そんな甘い言葉で誘致してきたくせに、一時間後の宴席を契約している。詐欺である。

この状況で、司会者は完全に客の意向と会場の現場の事情との板挟みである。一体どう対処すればいいのだろう。

「はい、歌いましょう、行きましょう。2《ツー》コーラスまででお願いしますねっ！」

と、笑ってうなずけたらどんなにいいだろう。どんなに気持ちが楽になるか……。

「いい、いい諦めよう。母さんもういいよ」

弟は抱いていたギターを後ろの壁に立て掛けて席に入った。

「どうしてもダメですかねぇ。ダメですか。ダメ？　せっかくそのつもりにしとったのにねえ。まあ、どうにかならんかったんかねえ。ギターもせっかく抱えてきたのに……」

母親は立ち尽くしたまま、ギターを振り返って不服そうに左手で撫でた。

「誠に申し訳ありませんが、先に進ませていただきます」

落とし前をつけるのは後回しだ。ここで気を遣ってウダウダしている時間はすでにない。私は、まだ話し続けている恩師の横に飛んだ。

「先生、楽しいお話で新郎は久しぶりに授業を受けている気分になったのではないかと思いますが、ここまでで終了の鐘を鳴らします。皆様よろしいですね？」

こうなったら、否応無しに終わらせるしかない。列席者の反応ももういい加減に終わってほしいムードが見て取れる。今度は私に賛同の拍手が湧き起こる。

恩師もしぶしぶトーンダウンして、ようやくマイクを置いてくれた。

間髪を入れず、両親へ花束を贈り、両家からの謝辞があって、気の毒なくらいトントン拍子に、あれよあれよという間にお開きである。十五分延長で宴は終わった。

母親は、

「何とか入れてほしかった」

と、繰り言のように言いながら会場を後にした。弟は何も言わずにさっさと出て行った。

新婦である姉は、

「仕方なかったんでしょうけど、残念だった」

と言って、瞬間、抗議めいた目の色を見せた。明らかに「司会者の裁量でどうにかならなかったのか」と言いたげであった。

それでも新郎と二人して「お世話になりました」と言い添えてくれたが、素直にその言葉を受け取れなかった。

せっかくのお祝いに姉と弟との思い出を作ってあげられなかった……。家族の思いを叶えてあげられなかった……。大きな悔いが残った。

その夜、布団に入ってからも、母親の顔、弟の顔、音を奏でることのなかったギター、そして私の断りを無視して割り込んできた恩師の顔が交互にちらつき、寝つかれなかった。加えて自分のふがいなさを呪ってウツウツとし、溜め息をつき続けたのだった。

宴席を回す歯車の一つとして、流れに逆らうわけにはいかなかったにせよ「心」を切り捨てる結果になったことには変わりない。

会場側からも客の側からもパーフェクトを要求される。一つ間違えば責任問題である。司会者という人間が祝いという場で、人の温かさの懸け橋の役目をする。同時に決められた時間の采配をするのだ。

披露宴は生き物である。アクシデントを予測してかからねばならない。特に時間については、どうあがいてもどうにもならないことがある。時間内に収まると「さすがプロだね」と賛辞を頂戴するが、新郎や新婦は、また、そこに繋がる人たちは「さすがプロだね」という時間厳守の裏で本当に満足しているだろうか。「その日」に賭けた夢を、または「その日」に期待した諸事をクリアできただろうか。

ちょうどその頃、美容院で読んでいた週刊誌に、キンちゃん（萩本欽一さん）の文章が載っていた。

「親戚の披露宴に出席したの。東京の有名な結婚式場で、会場は立派だったけど、ちいっともハートが感じられなくて淋しかった。もう時間なのかもしれないけど、まだ食べているのにドンドン片付けていく。何をそんなに急いでいるのと聞きたいくらいバタバタと終わって、シッシッと追い出されるの。いろいろ事情はあるんだろうと思うけど、僕は何か悲しかったよ」

と、そんな内容だった。短い、半ページほどの囲み記事だったが、キンちゃんの満たされなかった思いが、切ないほどに伝わってきた。キンちゃんの呟きは、そのまま、司会者としての私の痛みに重なった。

列席者がキンちゃんと同じ感想を持って終わった披露宴は、私も燃焼しきれないまま仕事を終えた時である。

「もう一組」を欲張れば、綱渡りのような時間設定になることは分かりきっているのに、余裕や人情を切り捨てて売上げを優先する。「時は金なり」の姿勢でゴリ押し経営を押し通すのである。

とにかくそんな経緯で、好印象どころか恨まれていたに違いない司会者と、またまた親戚の披露宴で出くわしてしまったのだ。

「ああ、あの時の……、由布子ちゃんの時の……」

と思いめぐらしている裏には、「徹さんがすっぽかされた披露宴」に繋がっているはずである。

「その節は本当に申し訳ありませんでした」

緊張しながら頭を下げる。

「本当にねえ。悔いが残ったけど、先生が割り込んだからねえ……」

「今回も私でよろしいですか。司会者を替えることもできますが?」

できればこの仕事を降りたいと思った。徹さんや姉夫婦に合わせる顔がない。信頼関係をなくした司会者がプライドを持って立てるはずがないではないか。

「替わらんでもいいけど……」

と、母親と叔母は目と目で相談していたが、

「田中さんでいいよ」

母親がケロリと言った。

硬直していた心が緩み、同時に拍子抜けしてしまった。

たかが司会者ということか。司会者なんて所詮誰でもいいのかもしれないと思うと、それも口惜しい気がするのである。だからといって、

「いいえ、やっぱり降ろさせてもらいます」

と、この期に及んで言えるはずもなかった。

「よろしくお願いします」

「私たちの子供の時は私たちの時だから……」

と、私の子供ほどの歳の若い二人から、同情とも、励ましともとれる言葉をかけられて、消え入りたい気持ちでこの年最後の打ち合わせを終えたのである。

ところで、年が明けて、披露宴は気持ち良くできたのか、落ち着かないままに終わったのか。多分、寛大な心で迎えられ、接してもらったのだろうと思うが、当日をどう乗りきったのか、どういうわけかよく覚えていない。

進行のあれこれについても、アメリカ人、カナダ人、中国人三人の流暢な日本語によるスピーチ以外は、何も思い出せないのである。

年上の彼女

新郎の家に電話を入れることから一つの仕事が始まる。打ち合わせの日時を決めるための電話である。携帯電話がない頃の話である。

新郎本人が在宅しているのはたいてい夜なので、夜の九時頃電話を入れるが、新郎が不在の時は、母親と話すことになる。最初に妹が出ても、兄が出ても父親であっても、母親に受話器が回される。

河村家も例外ではなかった。

「まあ、お世話をかけますねえ。やりにくいと思いますけど、都合よくお願いしますねえ。七カ月なんですよ。長いドレスを着るちゅうて二人で決めたごとあるけど、引っ掛かって転ばせんかと思うて。着替えもするとかってねえ、大丈夫やろうかと思ってですねえ。二人で舞い上がっておるごとあるけど、彼女の方が大分年上なんですよ。お色直しまでせんでもいいのにと、お父さんと話よるとですよ。まあ子供が出来たんで、けじめをつけにゃあと、急に決まりまして……。何をどうしたもんやら……。そんな事情ですので何分よろしくお願いしますねえ」

夏も盛りの八月の最終日曜日が挙式予定日となっている。急に飛び込んできた仕事だった。若い二人は子供が出来たことをなかなか親に告げられなかったのか。七カ月になってもうギリギリのところで「実は……」と話し、そんなことになっているのならと、急転直下話が進められたのか。

年上で、しかも七カ月の身重で、この暑い時に……。息子がしでかした「不始末」への戸惑いや不満が溜め息となって受話器から伝わってくる。当日までたったの二週間。準備は間に合うのか。大きなお腹を抱えていながら、普通の花嫁と同じ衣装を着るという。それは彼女のわがままで、息子の希望ではなかろう。親戚や知人の手前、質素にすればいいものを……。言葉にこそ出さないが、息子から裏切られたような思いは、その息子を夢中にさせている嫁への不平不満へと膨らんでいく。

「大丈夫でしょうかねえ……」

さまざまに交錯する胸の内を、行きずりの司会者にしか過ぎない私に縋るような口調で繰り返し訴えた。

「大丈夫ですよ。よく話をさせていただいて無理のないように進めていきますので。今はお腹の大きい花嫁は決して珍しいことではありませんから。この春の結婚シーズンでも何人かはそうでしたよ。お腹が大きくても、華やかになさいますよ」

私はできるだけ軽い口調で、まだ会ったこともない母親をなだめる。

「ふわぁ、そうなんですか。そんなもんですか」

母親は中途半端に、また溜め息をついた。

私が「大丈夫ですよ」と責任を持って答えられるのは、私が関わる披露宴というセレモニーの部分だけだ。しかし、一年も経って、可愛い孫が生まれれば、今こだわっている事なんかきっと笑い話になる。それよりも、息子さんが選んだお嫁さんを条件抜きで受け入れてあげて欲しい。

「どうぞ、あまり心配なさらないで下さい。二週間あれば充分です。おめでたもお祝い事ですし、言ってみれば二重の喜びですよね。息子さんにとっても一生に一度のことですし、息子さんなりに夢とか希望とかあれこれお持ちでしょうから。後悔しないように希望は取り入れてあげたいと思っていますが、任せていただいてよろしいですか？」

私はいたわりを込めて言った。

「何も分かりませんので……頼りにしています。よろしくお願いします」

母親の声に安堵が混じった。

二日後、息子さんと彼女に会った。憲一さんが二十五歳、五月さんは三十六歳。母親が渋るのも無理はない。憲一さんは、生まれ持っての性格なのか育てられ方なのか、癒し系の嫌味のない人物である。両親にも優しい息子なのだろう。

二人の意向を聞き、宴の内容をあれこれ決める中で、

「お母さんが心配していらっしゃいましたよ」

と、水を向けると、

「大丈夫だからと何回言っても心配するんだから……。なっ」

と憲一さんは苦笑する。「なっ」という念押しに五月さんは、

「心配するって。もう七カ月の終わりなんだから。うちの親も同じだって……」

と応えておいて、

「転ばないように歩きやすいドレスにします。心配は多分それだけじゃないと思うけど……」

と、私に向かって肩をすくめた。

容姿は年齢相応だが、笑うと若さの片鱗《へんりん》が浮かび上がる。大きく開く素直な笑顔や、ちょっと鼻にかかったハスキーな声や、その声を裏切るはっきりとした話し方にも好感が持てた。妊婦特有の水っぽい頬の辺りや、迫り出してきたお腹を庇う仕草が現実であれ、愛する男性との挙式を控えた幸せな新婦がそこにいた。

十一歳年下の彼と並んでも、溌剌さでは決して負けてはいない。バランスのとれたカップルであった。

「婚約、結婚、妊娠という流れが、たまたま逆になっただけのこと」

と、割り切るまでには葛藤があったのだろうが、二人とも明るく、あっけらかんとしていて、妊娠をごく当たり前のこととして受け止めているようだった。そこがまた、親にとっては癪に障るところでもあるのだろう。

とにかく五月さんは元気で、今となっては、この妊娠期間を楽しもうと前向きなのである。こちらも、もういつ生まれても大丈夫というような気持ちにさえなってくる。きっと超安産に違いないと思った。

二人の会話は実に自然で、夫婦漫才のように呼吸が合っている。

「前世もきっと夫婦だったんでしょうね」

と、五月さん。

「僕が女で……」

「私が男で？　男がずっと年上で……」

「ということは、僕が上？」

「違う違う、やっぱり私が上」

と、冗談を言い合うのを聞きながら、冗談ではない気持ちにさせられる。

どこに反対する理由があろう。五月さんと出会ったことで憲一さんの人生はきっと豊かに展開してゆくことだろう。お洒落ではないかもしれないが、地道で安定した家庭が築かれることだろう。損得を言うなら、実は憲一さんの方が得をしていると、内心呟きながら、打ち合わせを終えたのだった。


当日はすぐにやってきた。

母親の心配をよそに、お腹の膨らみも目立つことなく、妊婦であることを忘れてしまうほど、普通の花嫁がそこにいた。十一歳も年上だとは聞かなければ予想もつかないに違いない。美容師さんのとびっきりのメイクに感心しつつ、披露宴は始まった。

ウェディングケーキの入刀もキャンドルサービスも花束贈呈も、全てフルコースでプログラムされ、新郎新婦がデュエットするおまけまでついて、楽しく盛り上がったのである。

黄色いドレスで憲一さんとリズムを合わせて可愛らしく歌う五月さんは、折しも、真夏の日差しを受け止め、なおその日差しに負けない強さで咲く向日葵の花のようだった。

彼女のドレスの裾を気遣い、動作を気遣い、サポートする憲一さんも決して頼りなげな年下の男の子には見えなかった。

年齢差も妊娠中であることも吹っ飛んで、実にフレッシュでストレートな魅力を漂わせていた。

もしかすると妊娠は予定外のことであり、今日の結婚式はその結果が生んだ成り行きだったのかもしれないが、成り行きではない、大人の愛の力を感じることができたのである。

時折、新郎の母親が笑顔で目配せを私に送ってくる。息子と嫁のデュエットには手拍子を合わせ、明るい笑顔で列席者を魅了する嫁に、温かな眼差しを注ぎ続けていた。そして、歌が終わるとまさにとろけそうな笑みで、大きな拍手を送り、また私を見て「ウンウン」とうなずいたのだった。

若い人たちは逞しい。若い人たちの作戦勝ちである。

「素晴らしく歌の上手いお嫁さんが河村家の一員として加わりました。明るくてステキなカップルですねえ。それにもまして新郎が肩に廻した手でしっかりリードしている。見事なデュエットでした。年下ということですが、なかなかどうして……。新婦は新郎のこんな男っぽいところに惹かれたのでしょうねえ。まさにホットな気分にさせていただきました。河村家のお父様いかがですか」

「上手いねえ。相当カラオケに通っとるごとあるですねえ」

「今度ご家族全員で、カラオケボックスに行きましょうかねえ」

「そうやねえ。嫁さんに歌唱指導してもらわないけんねえ」

丸っこい職人風の風貌がはにかんでいる。

傍らで母親が「ほら、もっと何か言わんね……」という顔で見守っている。

「お母様からも息子さんにひとこと言葉をかけてあげて下さいますか」

母親は、臆することなくすぐにマイクを持ち、

「憲一おめでとう。急に結婚が決まって慌ただしかったけど本当に良かったね。幸せな顔を見て安心しました。良い家庭を作って下さい。五月さん、憲一をお願いしますね。身体に気をつけて元気な赤ちゃんを産んで下さい……。おめでとう」

マイクを両手で包み、噛み締めるように語りかけた言葉は母の祈りだったに違いない。電話で私に心の不協和音を訴えた時も、苛立ちから素直な祝福の気持ちへと溶け込んでいった今も、母は母として、なりふり構わず、ただただ息子の幸せを考えているのである。痩せた白い顔の細い目に涙が湛えられている。

息子が二十五歳なら、二十三歳か、まあ年上でも二十六か二十七の彼女ができて、来年あたり結納、結婚の運びとなって、うまく行けば二年後ぐらいには初孫が抱けるかと、

漠然と考えていたところに、突然十一歳も年上の彼女を連れてきて、しかも妊娠していてもう七カ月なのだと言う。そりゃあびっくりするわねと同情はするのだが、年上の彼女も婚前のおめでたも珍しくない時代だし、むしろ息子は大人の女に見初められた男なのだと誇りを持ってもいいのではなかろうか。

私が出会った年上妻のカップルは皆、実年齢より若々しい魅力的な女性と、実年齢より落ち着いた男っぽい男性との組み合わせだった。そして、年齢差が大きいほどその印象は強い。

年上の女、年下の男をひきつけ支配できる人には、顔やスタイルの良し悪しではない、ある種の特別なオーラが備わっているように思う。

男は多少背伸びをして大人として振る舞おうとするだろうし、女は彼の若さに合わせようと精一杯若々しく、可愛い女でいたいと望む。

私が記憶する限り、年下夫を姐御のようにリードしているカップルはいなかった。お互い少しずつ年齢を歩み寄らせて、年の差の中間ぐらいで収まっているのだろう。反対に、年上夫のカップルの方が若い彼女にリードされて、あたふたしている例が多いから面白い。

例えば、新郎三十歳と新婦四十歳のカップルは、夫婦《めおと》演歌の歌詞を連想させる。

同じ三十歳の新郎でも、相手が二十代となれば、たちどころに「大切なあなた」、「オンリーラヴ」、「I LOVE YOU」とニューミュージック系のイメージに染まるのである。

私が立ち会った年上妻の最大年齢差は二十四歳。年の差を気にする彼女を庇い、守ろうとする彼の健気な男気と、そんな彼を立てようとする彼女の初々しさに、頑張って！とエールを送りたい好一対のカップルだった。彼はスーパーマーケットの社員、彼女はパート。同じ職場で芽生えた恋だった。

「若い男にとっては、年上は落ち着いているし、大人に見えるたいね。甘えさせてくれるような気がして居心地がいいんよ。ある意味安心なんよ」

「俺なら若い子を選ぶけどな。ハートが大事とは言うけど、皆似たり寄ったりよ、一緒になりゃ。女は強くなるでぇ。肌の艶や弾力を考えたらやっぱり若さやろう。ピチピチした方がいいに決まっとるやないね」

飲み仲間の男友達は、「年上妻」が酒の肴の話題になると、女の価値を年齢に置き換えて男の気持ちを総括する。

「今はいいよ、今は。お互いまだ若さがあるうちは。けど、十年後二十年後の年齢の違いを考えてみらんね。恐ろしい結果になるから。男は本能的に美しいものに吸い寄せられるように生まれついとる。それはどうしようもないことよ」

男友達はアルコールの回った好色そうな目でそう言い放つのだ。

憲一さんの母親も、もちろん父親も、当然、飲み友達の言うそこの部分を懸念するのだろう。息子の一途な情熱を充分理解してはいても、綺麗事では収まりきれない、人間の心の移ろい……。心の襞《ひだ》にも、時の流れの中にも、悪戯《いたずら》をする悪魔が潜んでいることを知っていて、息子に起こり得る現実の問題として危惧《きぐ》したであろう。親戚や家族や友人も同様の意見を言っただろうし、誰よりも当の本人たちが、繰り返し考え、悩んだはずである。

それでも、この人と歩いてみようと決意したのであれば、それも二人の運命がさせた選択なのだろう。先になって悪魔に勝つか負けるか、それは誰にも分からない。甘いとか舞い上がっているとかの忠告よりも、むしろ勇気をこそ讃えたいと思う。舞い上がっているのは年上夫のカップルも同じだろう。

先々の危うさについては、年の差からくる誤算という点をあれこれ詮索するならば、年下夫の方がほんの少しだけ高いかもしれないといった程度ではなかろうか。それとて妻の側から見れば、年下夫は平均的にフットワークが軽いし、若さや体力は子育ての戦力になり、メリットが多いように思える。

年上であろうと年下であろうと、今一生懸命愛していればそれでいい。今を生きていればそれでいいのだと思う。遠い先の事を心配したって意味がない。無駄な取り越し苦労というものだろう。

打算のない愛が本当は一番美しいと、誰もが思っている。そこに親の夢や期待が織り込まれるから、結婚する前から夫婦の危機の予想にかかる。結果、うまくいかないと「ほうら、だから言わないこっちゃない」と無意味な追い打ちをかけるのだ。

どうせ反対したって別れられない二人なら、言いたい事を呑み込んで、

「すごいね、あんたの魅力は。こんな年上の女性に好かれて幸せモンやね。彼女に逃げられんように頑張らないとね」

と援護に回る方が二人とも輝くのではないだろうか。親は忍耐も我慢もいるのである。

私なら、アドバイスはむしろ新妻へ、

「年が離れている分、賢く付き合わないとね。ミステリアスな部分を少し残して……。全部さらけ出さないことよ」

その一言だけを伝えよう。

先のことなんか誰にも予想できないのだから。いろいろ口出ししてくる外野の声の主だって、本当のところ、明日のことなんか何も分かってはいないのだから……。

心に残る祝電の言葉

花の季節に門出をされるお二人へ。
菜の花のように温かく、スミレのように穏やかで、
桜の花のように心の和むご家庭を築かれますように。
そして笑顔の花を、お二人の胸にいっぱい咲かせて下さい。

お二人でつかんだ幸せ。
誰にも遠慮はいりません。
できるだけ、もっともっと、大きく大きく育てて下さい。

ご子息のご結婚おめでとうございます。
今一番喜んでおられる瞬間でしょう。
ご両親の嬉しい顔が目に浮かびます。
若いお二人の末長いお幸せと、ご両家のご繁栄を祈ります。

しなやかに、したたかに、つややかに、にこやかに、
そして、穏やかに。
ステキなお嫁さんになり、人生のドラマを作って下さい。
心からおめでとう。

心優しい気持ちのおかげで、生きる喜びを感じています。
ご主人との幸せを、お祈り申し上げます。

（看護士の新婦へ、元患者さんより）

○○ちゃん（新婦）おめでとう。
きっと美しい花嫁さんでしょうね。
お父さんの分まで頑張ってこられたお母さんの苦労を忘れないで、
お母さんが安心するような温かい家庭を築いて下さい。

幸せは歩いてこない。
だから二人でしっかりと歩いていって下さい。
さあ大地に足を踏みしめて……
みんなで応援しています。

夜が来て見つめ合いまた朝が来て。
そんな平凡な日々の中に本当の幸せがあります。
小さな幸せをたくさん集めて、大きな幸せをつかんで下さい。

春風に初船出する夫婦船《めおとぶね》　そよ風になごみ嵐には耐えよ
祈りつつ待ちしこの日に晴れやかん　女雛《めびな》男雛《おびな》はひな壇にあり
幼きとばかり思いし末の子の　春の巣立ちに花吹雪舞う
今日よりは寄り添う人の優しくて　春色の空晴れ晴れと見ん

（新郎の母親の和歌）

新郎は「私の妻です」を、新婦は「私の夫です」を、
十回ずつマイクに向かって練習して下さい。
板についた頃、新居へお邪魔させて下さい。

夫婦とは線路のようなもの。
どこまで行っても交わることはないかも知れない。
でも、どちらが欠けても成り立たない。
末長く線路のような関係でありつづけて下さい。

お二人で見つけた愛を、これからふっくらとした愛情にお育て下さい。
泣いて笑って感激して。
そんな積み重ねが「心で話せる夫婦」を作ることでしょう。
新しいドラマの幕開けにカンパイ！

中学生の時から優秀だった○○君。
よき伴侶を得られて、お仕事にもより磨きがかかることでしょう。
ご家庭においてもその才能をいかんなく発揮されることでしょう。
奥様を大事に、美しい人生を作り上げられますことを祈っています。
（新郎の中学時代の恩師）

私たちを置いてさっさと幸せになるなんて裏切り者！
私たちが早く結婚したくなるような愛の巣を作って下さい。
早くスイートホームに呼んで下さーい。職場同期一同でした。

お二人の天然のボケとつっこみは、いつまで見ていても飽きません。
これからもずっと仲良しで、夫婦漫才を続けていって下さいね。

◯◯さん（新郎）はコーヒーミル。◯◯さん（新婦）はコーヒー豆。
コーヒーの味は、ひき加減でどうにでも変わります。
ひき方を間違えると苦くもなるし、まずくもなります。
上手にひけば、まろやかで芳醇《ほうじゅん》な香りの極上の味になります。
いつまでもコーヒーの良い香りが漂うご家庭でありますように。

キツネの嫁入り

山吹《やまぶき》の花は、春陽にふさわしい。

気がつけば三月も半ば。クリームイエローの空気が北九州の天地を包み込み、海も山も空も、希望の色をして暖かい。

忘れもしない仏滅の日曜日――。その日の披露宴は少し趣が変わっていた。

新郎新婦、媒酌人を入れても総勢二十三人。

最近では珍しく、椅子・テーブルではなくて座卓に正座であった。しかも新郎は羽織袴、新婦は白無垢の打掛けで通すという。重い打掛けでの正座はきついだろうと思い、打ち合わせの時に、

「途中で振り袖か、訪問着にでもお色直しをしたらいかがですか」

と勧めてみたが、「めんどくさいから、いいです」と言う。

「かつらも重いし、ゆっくりお料理も食べられないですよ」

と念を押したが、「めんどくさいから」を理由に、あっさり却下されてしまった。

全員が親族だが、上座のほぼ半分を男性が占め、下半分に女性が座っている。何か変。男尊女卑のにおい。夫婦が隣合わせることもなく、長老から中年、若年と、歴然と年功序列である。

主役の二人は、媒酌人の媒酌人らしからぬ極めて短い挨拶の間も、退屈そうに目を泳がせている。女性は全員が黒のワンピースかスーツで、これも決まり事のように全員がパールのネックレス。そのまま葬式に移動しても問題はない。

しかし、ここは紛れもなく華やかな祝いの場所である。新郎も新婦も熊本県の出身だが、北九州のバイト先で知り合い魅かれ合った正真正銘の恋愛結婚である。そのことを次なるシーンの糸口としてケーキ入刀へと導く。二人は「よっこらしょ」、「よいしょ」と声を上げて立ち、ウェディングケーキの前へと進んだ。そしてめんどくさそうにナイフを入れる。

「カメラの方に顔を上げて。少し嬉しそうに……」

と言おうとして、私は言葉をのんだ。写真を撮る人が一人もいないのだ。

「カメラをお持ちの方、どうぞシャッターチャンスです」

と見回しても、誰も出てこないのである。仕方ないので、

「もっと嬉しそうなお顔で……。皆様に幸せのおすそ分けを……」

と促すと、ちょっとはにかんだ表情。二十三歳と二十二歳の溌剌カップルである。ウンウン、いい顔。

「さあ皆様も、拍手を添えてあげていただけますか」

パチ、パチ、パチと乾いた拍手。でもさしあたって全員が手をたたいてくれている。

「まあ、いいかア」

食事が始まった。空気が和む。

緊張から解放された列席者は、通常二つのパターンに分かれる。一つはご馳走を目の前にしながらの我慢が解禁になって、さっそく箸を持つ人。もう一つはビール瓶を手に、まず新郎新婦の席に向かう人。どちらのパターンに属していようと、祝いの席での気持ちの昂揚が表情やしぐさに出ているものである。

しかし、今日のこの席は何だ。十分経とうと、二十分経とうと、誰の顔にも姿勢にもそんなものはちっとも浮かんでこない。ただ黙々と、何かに取りつかれたようにご馳走を口に運ぶだけである。

主役の二人も……睦まじく話すでもなく、熱心にお食事の最中であった。

この二人、本当に結婚したかったの？　自分の結婚式だって自覚してるの？　誰もお酌に来なければ、行けばいいじゃない。子供じゃあるまいし。もっとも打掛けでは新婦の方は動けないか。

正座ではさぞ足も痛いだろうと思うが、足を崩す様子もなくきちんと座ったままである。お茶でも習っているのか？　そんな風には見えないけど。

停滞したような場の空気に私の方がじれて、

「えー、今日はお祝いでございます。このお席はお祝いのお席でございますよ。どうぞ皆様ご自由に席を立たれてお酌を。また、ご歓談を。新郎様へもお祝いのお酒注いであげてくださいね」

さあさあと促してみるが、全員が私の方をチラと見て「ウン」と愛想笑いを返すだけである。

「新郎様はアルコールは何がお好きですか？　注ぎに参りましょうか？」

と矛先を向けてみたが、黙って手のひらを左右に動かして「飲めない」のゼスチャー。取りつく島がない。

それにしても新郎新婦のよく食べること。新婦は相変わらず正座のままである。私は溜め息をついて、進行表にわけの分からぬ象形文字を書きつけた。祝辞も、歌の予定も何もないほとんど空白の進行表である。

とはいえ、一人ぐらいはムードメーカーがいて、お銚子かビールを持って席を回ったりするものだけど……。両家とも両親が健在なのに、相手方の親族にお酌にも行かない。あまりに両家ともに愛想がない。といって冷たい人柄というわけでもなさそうだ。人の良さそうな人たちである。農作業で太陽にあぶられ、熱の色が何年も、何十年も染み込んだような赤銅《しゃくどう》色の顔。人にへつらうことに神経を使わない、自分なりの自然流を貫いて目の前のご馳走を味わうことに専念し、結構楽しんでいるのかもしれなかった。

そう考えると、何とかこの場の空気を昂揚させようとキリキリしている自分が滑稽に思えてくる。

食事が始まって四十分が過ぎた。司会者がいれば何とかなるだろうというので、私はここに呼ばれたのだろう。そろそろ本領発揮といきましょうか。

「皆様、お召し上がりいただいておりますでしょうか（充分やろ）。ご歓談中ですが（誰も歓談しとらんけど）、どなたかお祝いの言葉をひとこと言おうか、という方はいらっしゃいませんか？」

反応なしである。

「それでは、一人ずつマイクを回しますので、ひとことで結構ですのでお願いできますでしょうか」

反応なし。そこは強引に、

「新郎側から参りますね。一番上座の長老の方、カンロクありますねえ。大伯父様ですか？　今日はどちらから？　やっぱり熊本からですか？」

反応なしである。隣の男性が、

「耳が遠いから、聞こえん」

とささやいてくれた。その人によると祖父の弟だそうだ。

少人数だという理由で、席次表もないのだった。

「それでは教えて下さった方、ひとことどうぞ」

マイクを渡すと、

「おめでとう、幸せに」

と、本当にひとこと言ってくれた。間柄を聞くと「父親の弟です」と答えてマイクを次に回す。「おめでとう、幸せに」新郎側十人と新婦側九人がその繰り返しで、新郎の兄も、新婦の弟も、親も、それ以上には言葉を足してはくれなかった。

夫婦の席が離れ離れになっているので「隣でなくてちょっと淋しいですね」と話題を変えても「どうしてそんなことを聞くのか、何のために？」というような乾いた視線。「結婚生活がうまく運ぶ秘訣、秘密など？」という質問も答えにつながらない。親には

「どんな家庭を望むか」と聞いてみたが、「そんなことまで言わないといかんの？」と露骨に迷惑なムード。

よくまあ、よく似た家族、親族が結びついたものだ。環境が似たもの同士のこのカップル、案外うまくいくのかもしれないぞと、私は逆説的プラス思考で二人をしげしげと見つめた。

私は新郎新婦の席に行った。二人の間に立てひざで座る。

「お互いに好きなところは？　どこに魅力を感じたの？」

気安く突っ込めば軽く乗ってくるかもしれないと計算した私が甘かった。

「別に……」

「でも結婚しよう、この人と人生を歩いていこうと思ったんでしょう。それで今日は結婚式ですもの。嬉しい日にお互いどこが好きだとか、ちょっと言ってあげて」

二人は見つめ合ってくれたが、

「別にィ……」

「別にィ……」

とつぶやいて、下を向く。

「では、相手への注文ありますか？　この際ですから、お願い事でもいいですよ」

二人は少し首をかしげて考えている風だったが、やや間があって、やっぱり、

「別にィ、ないです」

「ないです」

とそっけない。いい加減にしろよな。少しは気を遣えよな。リップサービスしてよね、モウ！

「歌はどうですか。トップを飾りましょう。カラオケの本持ってきましょうか？」

「いいです。選曲もめんどくさいし……」

ムッ、アンタの人生めんどくさいで済むんかい。

どなたか、どなたか、一曲ぐらいは出るでしょうに。祝い歌、夫婦《めおと》歌、熊本県民謡でもよし。ほら「娘よ」や「乾杯」もあるでしょうが。いえいえ、こうなったら何でもOK。夜の歌でも失恋の歌でも良しとしましょう。上手下手は問いません。楽しく盛り上がりましょう。お酒もおいしく飲みましょう。沈黙は金色。でも歌はバラ色。今日は華やかなバラ色で過ごしましょうよ。思い出を作りましょう。

私の口調はまるでバナナのたたき売り。講談調になっている。

目をつけた新婦の伯父さんを指名する。上手な人はなんとなく分かるものなのだ。私の的中率は高いと思う。しかし、

「歌はダメ。こっちはみんな山奥のめん鳥じゃ」

と、こともなげに振られてしまった。

「ではまず私が一曲歌いますね。お手拍子をお願いします」

全員が仕方なさそうに手を打ってはくれたものの、次の歌にはつながらなかった。


結局、みっともないほどの私の一人芝居で幕は下りた。披露宴中ソロで歌ったのは、後にも先にもこの一回きりである。

我に返ると、下着が汗で冷たくなっていた。下着から不快な臭いが立ちのぼっている。ストレスの汗なのだろう。仕事をやり遂げた後の気持ちの良い汗ではなかった。

会場の外に出ると、陽は射しているのにパラパラと大粒の雨が落ちてきて、瞬く間に洋服を濡らした。

天気雨――小さい頃、こんな空模様を称して「キツネの嫁入り」と祖父母がよく言ったものだった。ずっと白無垢で通した、顔の細い、目の細い正座の花嫁さん……。おとぎ話の絵本の挿し絵が浮かんだ。

「まさかね。それにしてもあまりにそれらしくて……」

そのことを家族や友人に喋りまくった。

「それで？　そのお嫁さんはキツネだったたって言いたいわけね。つまりキツネの嫁入りの司会をしたって言いたいわけね」

「マアマア、アンタはいくつになっても可愛いねえ。メルヘンチックだねえ」

などと、みんなにさんざん馬鹿にされたが、最後は誰もが、

「そんなこともあり得るかもね。世の中不思議話はたくさんあるからね」

と、一応のフォローを入れてくれた。

何かまやかしの世界に迷い込んだような、摩訶不思議な仕事だった。

ダメ司会者

結婚式に媒酌人を立てなくなった。伝統的な「祝言《しゅうげん》」、「婚礼」の形態は時代に動かされ、常識が常識でなくなってきている。

若い人たちは「謡曲（お謡《うた》い）」や「祝吟《しゅくぎん》」こそが、花婿花嫁を祝う厳粛な儀式だったなんてことさえ知らない。

以前は、媒酌人の挨拶に始まり、主賓の祝辞、そして謡曲か祝吟、ケーキ入刀、乾杯までを「披露式」と呼び、祝宴が始まって後を「披露宴」と呼んでいた。だから「ただ今から、ご両家の披露式並びに披露宴を開式、開宴させていただきます」と言っていたのである。

それがここ数年の間に、媒酌人なる人がいなくなり、形式にのっとった主賓祝辞も少なくなり、謡曲や祝吟は、「そんな古臭いもの」という二人の意向でプログラムされなくなった。

「お謡」をカラオケの歌の丁寧語と勘違いするカップルや、「それはいったいどんな歌なんですか」と聞いてくるカップルもいて、時代は変わったんだと思い知らされるのである。

厳粛な空気の中での、洗練された「高砂《たかさご》」や「四海波《しかいなみ》」や、朗々と吟じられる「結婚を祝す」や、琴や鼓《つつみ》の音もゆかしく「祝賀の舞」がキリリと舞われたりするのは、個人的には大好きだし、これぞ結婚式だと心が浮き立つ。座が引き締まるし、新郎新婦が並ぶ金屏風が、一段と輝きを放つような気がするのである。

しかし今や「披露式」はすっかり影をひそめ、それこそ「それ何ですか?」になってしまった。

そんな時代の流れや、若いカップルの意向に沿うことに慣れっこになって、その時私はプロの司会者としてのもう一歩が足りなかった。

もう一歩の突っ込みは、時としてしつこさや余計なお世話になりかねない。取り越し苦労であることが多い。それでも、あと一歩の突っ込みをしなかったのは私の甘さだった。

打ち合わせの時に祝吟を吟じる人がいるのは聞いていた。しかし、結婚する二人にとっては祝吟などあってもなくてもいいのだった。新郎の伯父がすると言ってくれている、親も是非してもらえと言っている。しぶしぶ、それならさせようということになった。

余興の中のどこかに入れてくれればいいと二人は口を揃えた。私は通常は乾杯までにすることが多いことを話し、

「上手な方は特にこだわりますよ。一度確認されたらいかがですか」

と念を押した。

二人は、乾杯まではなるべく簡潔にしたい。料理を前にして長々と待たされることがよくあるが、そんな披露宴にはしたくない。のんびり食べたり飲んだりして楽しんでもらいたいと、形式にとらわれないプランを主張した。

お世話になっている人や、可愛がってもらっている人、親しい友人にパートナーを紹介して、結婚の報告をしたら、後は食事会でいい。芸達者は両家ともに揃っているので、歌や余興はたくさん出てくると思うが、なければなくてもかまわない。自分たちもただ席にいるのではなくて、お酌をしてまわりたい。プロのカメラマンを頼んであるので、テーブル毎、グループ毎で写真撮影をしたい。

「司会者さんも、ゆったりやってくれたらいいです」

と、印象としては、司会者にそんなに期待をしていない。まあ、進行役がいてくれた方が助かるからという程度の要望であった。

「司会者次第ですから……」と、披露宴のカラーまで司会者頼みで任されたり、細か

く注文をつけてくるケースとは異なっていた。

だが実は、中途半端な要望の時が一番難しいのである。適当でいいと言いつつ、適当の結果を厳しく判定する。が、とにかく、当日を待つしかない。現場で様子を見ながら進めるしかない。

両家ともにきちんとした家柄に見えた。両親ともども折り目正しい人柄だった。媒酌人は立てていない。新郎新婦の略歴を私が紹介し、新郎本人の挨拶があって、すぐ乾杯となった。

似たような祝辞を長々と聞かされる忍耐と呪縛に縛られることもなく、列席者は一様にホッと笑顔になって、おしぼりを使ったりしている。ゆっくり食べてもらいたいとの言葉通り、料理にはお金をかけているのだろう。大漁旗のついた大きな舟盛りの活き造りが運ばれてきた。

ほどなく、お色直しに立つ新婦を送り出す。格調ある古典柄の色打掛け。飛翔の鶴に吉祥《きっしょう》の松、御所車《ごしょぐるま》に牡丹や菊や菖蒲などの四季の花々。華やかで、めでたさ溢れる打掛けである。

「門出への決意と、幸せへの祈りを、あでやかな打掛けへと託して、喜びをかみしめている新婦……」

言おうとして、止めた。情感たっぷりのコメントは避けたほうがよさそうである。あまりに似合っていない。伸びやかな彼女の持ち味が、金糸銀糸《きんしぎんし》の打掛けの中に沈んでしまっている。

ウェディングドレスとカクテルドレスだけでと決めていたのを、新郎の母親から、

「日本人らしく着物を着てちょうだい」

と、是非にと頼まれたのだとか。

「笑えるくらい似合わないと思うけど、まあそれもありか。彼の親が喜んでくれるのなら、譲歩、譲歩」

と、柔軟さを見せた新婦である。

しかし、かつらも白塗りのメイクも、本当に笑えるくらい彼女らしくない。打掛けが豪華なだけに、余計に借り物をまとっているようで浮いて見える。

足早に少しうつむき加減に進む姿がとても痛々しくて、

「自分で似合わないと分かっているのなら、どうして着たのよ。いい格好しないで、自分らしさを貫けばよかったじゃない」

と、言いたくなってくる。

「日本人なら着物」という常識はすでに過去のものになった。若い女性には、打掛け

よりも断然ドレスの方がピッタリくるようになった。謡曲や祝吟と同じように、白無垢や色打掛けも「古臭いしきたり」となり、そのうち「昔の花嫁衣装」と呼ばれるようになっていくことだろう。

とにかく、似合わない打掛けは早く脱いで、厳粛な中にも若々しく、潑剌とした笑顔と衣装で入場してきてほしい。

新婦が退場してからの数分間、司会者はつかの間、空白の時間をくつろぐことができる。司会台の陰にかがんで、冷たいウーロン茶で喉を潤す。

しかし、それもほんの二、三分のこと。余興のためのカラオケの本を回したり、予約を受けたり、事前に決まっている出し物の段取りなどの確認にテーブルの間を泳がなければならない。

入り交じった料理の匂いが充満する中、すでに祝い酒に顔を朱く染めている人がいる。新郎の席にはビール瓶やお銚子を手にした友人などが群がっている。

黙々と料理を口に運ぶ人。大声で久しぶりの再会を語り、子供だった甥や姪の成長ぶりを讃える人……。

そうこうしている間にも、新郎の着替えのタイミングとなる。食事の手を休めてもらって手拍子で見送る。それくらいの演出は入れてもいいだろう。新郎も手拍子に乗ってくれて、意気揚々と退席していった。再び座が崩れる。

その間をすりぬけて、私は、新郎の伯父にあたる人の席に向かった。

「失礼します。あと十五分程で入場かと思いますので、よろしくお願い致します」

ます。新郎新婦が入場されましたら、一番に祝吟をいただこうと思っており

私は腰をかがめて笑顔を向けた。若い二人は余興の間にでもと言っていた。しかし、
私の心づもりでは、和装ではないが、タキシードとウェディングドレスに装いを改め入
場してきたメリハリのところでと決めていた。

「いや、もういい。もう止めた」

その人の意外な言葉に、私は耳を疑った。

歓談の声に混ざって、聞き間違えたかと思った。

「酒が入ってから祝吟ができるか。酒が入ってからでは意味がない」

まぎれもなく、吐き捨てるような私への抗議の口調である。白々とした目が私を直視
している。

「宴会が始まってから祝吟をせえなんて、聞いたことがない」

伯父は周りにも聞こえるように大声で言い放った。

「司会者は何も知らんのじゃわ。分かっちょらんのじゃわ。バカじゃ」

横から妻らしい女性も畳み掛けてくる。どうやら国東訛《くにさき》りのようである。

私は大分県東国東郡の出身なので、そのイントネーションの特徴には馴染みがあるのだ。大分訛りに国東訛りが重なると余計に泥臭さが際立つ。語尾の上げ下げで息遣いや息の色までも感じ取れる。

言い回しがゆっくりなので優しそうに聞こえるが、明らかに攻撃である。故郷訛りが懐かしいだなんて言ってる場合ではない。それにしても「バカじゃ」まで言うか？　同県人に言われたことが、ことさら胸にグサリと突き刺さる。

「新郎様からは、お色直しの後で、とお聞きしておりましたので……」

「新郎が何と言おうと、常識ちゅうもんがあろうがね」

と妻。

「そこを曲げて、せっかくのおめでたい席ですから、花を添えていただくわけには参りませんでしょうか。お許しいただいて……」

私は二人の間に膝を付いて、精一杯下手に出た。

「いや。もういい。やる気が起きん」

伯父は頑固そうな顔をなおさら硬直させると、お猪口《ちょこ》の酒をあおった。

「放っちょきよ。してやらんでいいわア」

一見しおらしそうに見える妻がまたまた煽る。

「何も分からんで。こんな司会者つまらんな」

横からもう一人口を出す女もいる。

「知らんのじゃわ。しきたりを」

「なあ。惜しかったなあ」

口々に私を罵る。

「そうですか。お願いしてもダメでしょうか。新郎様へ伺ってみます」

「せんちゃ。聞かんでいい。止めるから」

「せっかくじゃったのになあ。どうしたことかね」

「どうするね。させてもらえんかったんじゃわ」

意地の悪い目が私をイジイジと囲んでいる。若草色の派手目のスーツを着ていることが悔やまれた。朝、出掛ける前に、スカート丈の長い黒のワンピースにしようかと迷ったのだ。こんなことになるんだったら目立たない黒にしておけばよかった。

「分かりました。それでは取り止めということにさせていただきます」

私は、軽く頭を下げて席を離れた。

この貴重な時間、歌の予約を取ったり、芸達者な人を聞き出したり……詩吟一つをするしないで時間を取ってはいられない。

しかし、どうしたものか。あれだけこだわっているとすれば、新郎新婦が入場してすぐにしか、機会はないが――。

私の手抜かりなのか。相手のわがままなのか。新郎のせいにするのは筋違いというものだろう。だが、ここであれこれ分析している暇はない。

「司会者さん、カラオケの本ありますか?」、「歌、頼んでいいかな?」などの声に「難問」を意識の外に追いやって対応する。

新郎の父親が近づいてきた。

「あのォ……兄が詩吟をすることになっていたと思うんですが……」

「はい。実は先程……」

と私はいきさつを話した。

「ウーン、初めにさせてくれると問題はなかったんですがね」

父親も当然、乾杯の前に吟じてもらえると思っていたのだ。

「打ち合わせで、そこのところも確認しましたが、余興でいいとおっしゃって。会食までなるべく短くしたいとの意向でしたので」

「ああ、若いもんは何も知らんからね」

「こちらも気をつければよかったのですが。なかなかご両親にまで一つ一つを確認するところまでいきませんもので……」

ここにきて、私としてもすっきりしないものがフツフツと湧き出てきて、ジワリと苛立ってきた。

「もう一回兄貴に聞いてみますわ」

父親は兄貴の席へ向かった。丸く収まりをつけることができれば、それにこしたことはない。もう間もなく着替えを終えて新郎新婦が入ってくる。とにかく早く結論をと、父親の背中に手を合わせるような気持ちである。

父親を囲んで、ダメ司会者のことを口々に言い合っているのだろうか。交渉は難航しているらしかった。

私はムカムカしてきた。口をへの字に曲げていたに違いない。

いったい、新郎と父親と伯父との間で、話し合いはされたのだろうか。新郎は自分流のやり方をちゃんと説明し、伯父もこだわる理由をきちんと伝えたのだろうか。

新郎にとって、余興の一つでしかない祝吟と、心にかみしもをつけ、咳払いをして構えていた伯父にとっての祝吟の違いは、格式への意識の違いである。確かに、肩透かしをくった伯父にしてみれば怒りたくもなるだろう。

しかし、甥の結婚を喜んで祝う気持ちになれば、そこは折れて、「ちょっと癪だが、新郎がそう決めたのならそうしよう。心を込めて吟じてやろう」と、大人の分別を利かせてもいいではないか！

まだやり取りをしている父親と伯父の辺りを睨んでいたら、ひょいと、お正月に私の叔父が酒の肴に話していた、「ひょうたんの歌」を思い出した。名前は忘れたが、有名な人の詩か短歌らしい。

有る鳴らず　無きまた鳴らず
なまなかに
少し有るのがゴボゴボと鳴る

物事を会得して一流になった人は、そのことについてうるさく言わない。威張らない。そのことを勉強していない知識のない人は、もちろん何も言えない。言う術を持たない。中途半端にかじった人が、知ったかぶりをして、あるいは分かったつもりになって講釈を垂れる。つまり、ひょうたんは水が一杯でも音がしないし、空っぽでも音がしない。半分ぐらい入れると、ゴボゴボと聞こえるというたとえである。

叔父はお酒が入ると、決まってこの話をする。

「スマートに生きる、粋に生きるというとなかなか難しくてなあ。ついひとこと言いたくなる。いやいや、ついついいらんこと言うてな、これから怒られる……」

と言って、叔母の方にあごを向けてしゃくるのである。

私は胸の中で「イーッ」をして「たかが祝吟の順番ぐらいで、ひょうたんのような男」と呟いた。

父親は律義な人柄らしい。伝書鳩のように兄貴の元を離れると、踵《きびす》を帰していちもくさんに私を目指してくる。私は身構える。父親も伯父も太ったことのない体質のようだ。男としては細い体つきに属する兄弟だが、性格は違うようだ。

「何とかやってもらえんかと頼んでみたんですがね。どうしても首を縦に振ってくれん。気分を害してしまったごとある」

父親は淡泊な性格なのか、あきらめがいいのか、割とあっさりとした調子で告げた。

「やむをえん。あきらめますよ。カットしてください」

「そうですか……、せっかくでしたのにね」

私はそう応えるしかない。

父親は行きかけて、またこちらを振り向いた。

「兄貴は詩吟の師範を持っとるんですよ。是非にと前から頼んで、そのつもりになっとったんだけどねえ……」

まだ本当はすっきりとはあきらめ切っていない。律義そうな顔が、少し皮肉っぽく歪んだ。やっぱりこの人も、司会者の不手際として収まりがつかない様子である。攻撃的ではないまでも、どうしてこんなことになったのかと言いたげな様子で、その矛先が私に向けられている。

私こそ何でこうなったのか、とますますウジウジした方向に気持ちがいってしまいそうになる。しかし、私は進行しなければならない。晴れの日の晴れの時間、限られた時間である。強気で披露宴を引っ張らなければならない。

自分を奮い立たせる一方で、

「ああ、『顔で笑って心で泣いて』ってこんな時のことを言うんだ。私は今、その真っただ中にいるんだわ」

などと、頭の隅っこで悲劇のヒロインに仕立てている自分がいて、よくもまあ厚かましく成長したもんだわと呆れるのである。

新郎新婦が入場するとの係の合図にコクンとうなずいて、マイクを握り、会場内を見渡した時から、祝吟のいきさつはすでに処理済み事項として、頭に蓋をする。

後方の扉が大きく開いて、新郎新婦が姿を現した。

主役の二人が席に着いたところで、おっと、「祝吟」は飛ばして、スピーチそして余興へと、宴はたけなわへと突入していく。

途中から二人は、招待客の中に混ざり、お酌をしたり写真を撮ったり、ざっくばらんなムードで時間は流れていった。

折を見て、私は新郎に伯父のことを話した。

「もう一度頼んでみられては」

と勧めると、

「ほっといてもらってかまいません。気にしないで下さい」

と、残念がったり、心配したりする風もない。私とのくだらないやりとりの時間ももったいないというように、また、祝いを受ける人の顔になって、溶け込んでいった。

納得がいかないまま、後ろめたさを残して宴は終わった。

「気を遣わせて申し訳ありませんでした。いつもああなんですよ。気にしないで下さい。目立ちたがりなんですよ」

気遣ってくれた新郎の言葉に、救われた気がして涙ぐみそうになった。

粗相のないようにと、網を張るように慎重に打ち合わせ、準備をしたつもりでも、こんな落とし穴があった。

依頼する側とされた側、それぞれの立場からの意向やこだわり。お互いの間にずれがあっては気持ちが悪い。昔ながらのしきたりを、新しい披露宴のシナリオの中に取り入れる場合はなおさらである。古き良きものにこだわろうとする頑固さを私の年齢なら理解できるし、支えたいと思う。しかし、そんな大人たちの思いを越えて、結婚式や披露宴の形式は、ここ数年大きく変わろうとしている。

それにしても、ツムジを曲げたまま、結局祝吟をしなかった伯父は楽しかっただろうか。似た者夫婦の妻は、祝いの料理をおいしく味わっただろうか。

嫌な気分のまま仕事を終えて、お酒が飲める人ならこんな時一杯やって晴らすのだろうが、さて私は何をして落とし前をつけようか。

まっすぐ家族の中に帰るには、少し気持ちが重い。こんな時いつも話相手になってくれる男友達に電話をしてみたが、通じなかった。

何げなく足元を見ると、右足のストッキングに長く広い引っ掻き傷のような電線が入っている。いつからこうなっていたのだろう。スカートは膝丈だから、電線は丸見えである。宴の途中にもこの無様な足をさらし続けていたのだろうか。朝、ストッキングはいつものように新しいのをつけた。バッグの中にもう一つ予備を入れてあるというのに……。

何本も何本も、細く太く蜘蛛の糸状態に広がったひどい破れ方だ。気がつかなかったとはいえ、身だしなみにも手抜かりがあったのか。

「こんな司会者、ダメと言われたって仕方ないか。格好悪いよなあ」

私は声に出して、舌打ちした。観念させられた気分である。

式場の駐車場から、家とは反対方向へと車を発進させた。

目的もなく、国道10号を行橋方面へどんどん走り、バイパスと繋がったところで右折する。

途端に、正面から大きな太陽が迫ってきた。エネルギーの強さを人間に見せつけるかのように、ジリジリと射るように照りつけてくる。眩暈《めまい》がしそうになるくらいの圧迫感だ。

太陽から目をそらすと、あまりの明るさの反動で辺りが白く見える。車の時刻表示は六時十一分。太陽は確実に山の端に向かっているが、山の向こうに沈むには、まだ時間がかかりそうである。

夏の太陽は、傾いても傾いても、巨大なエネルギーの放出を加減しない。抗っても、避けても、熱を振り撒き、挑んでくる。

車はバイパスを小倉へとひたすらまっすぐに走った。Uターンすれば、眩しさから逃れられる。しかし、私は太陽に向かって、太陽の動く方向へと走った。

光の核は、幾重《いくえ》もの厚い雲を従えて、まだまだ容赦しないぞというように、人間の営みの端から端まで光を注ぎ込み、威圧し続ける。

三十分程走り、バイパスの入り口まで来たところで、急に無防備な気晴らしが馬鹿らしくなった。曲がりなりにも、人の前に立つ仕事をしているのに。たとえダメな司会者でも、私は司会者。紫外線はタブーである。いくら気をつけてもシミ、シワ、タルミが気になる年齢なのに、真正面から紫外線を浴びるなんて、何やってんのよお。考えなさいよ本当に。

Uターンを決めてウィンカーを右に出す。

信号を一回待って、対向車線に回り込んだ。まっすぐ正面を向いてハンドルを持ち直す。ようやく運転に集中できそうだった。

アッカンベーをするように、太陽に背を向けると、体温が正常に戻った気がして、かさついていた気持ちもストンと平常に戻ったようだった。

家で待っている夫と娘たちの顔が浮かんだ。私も朝食を食べたきりだ。

早く帰って、冷たいそうめんを作ろうと思った。

ビデオカメラマンの松吉さん

仕事の後、さあおいしいものを作ろうと、張り切って帰る日もあるが、その日は何もしたくないモードの日であった。

鍋を食べに行こうと決まって、父を途中で拾うことになった。母が生きていた頃から、よく両親を家に呼んだ。夫とも実の親子のように打ち解けていた。父が一人になってからはさらに回数が増え、外食をする時は必ず一緒だった。

父は神社に勤める神主《かんぬし》で、私と同じように大安や友引の土、日は結婚式で忙しかった。長女はチャペル式や披露宴でエレクトーンを弾いていたので、父が祝詞《のりと》をあげた結婚式の後、私と娘との司会・演奏コンビで宴を担当することもあって、考えてみればつながりの濃い家族である。

ところで、昼食抜きのお腹に、鍋の出し汁が染み込んだ肉や白菜を収めてようやく辺りを見回すと、土曜日の夕食時は満席である。

と、ついたての向こうに、紛れもない松吉氏の顔。松吉氏はビデオのカメラマンである。本業は会社勤めだが撮影の趣味が今やサイドビジネスとなって、週末は引っ張りだこらしい。今日も一緒で、つい二時間程前、挨拶を交わして別れたばかりである。

「松吉さんっ。さっきはお疲れ様でした」

「おおっ、どうしたんね。今日はそっちも外食?」

「奥様ですか。いつもお世話になっています」

「披露宴の司会者さん」

松吉氏は中学生くらいの男の子と女の子と四人で鍋を囲んでいた。

「家族で来たん?」

「そう」

「ご主人もおるの? ちょっと挨拶しとこう」

松吉氏は席を立って夫に挨拶した後で、父の方に目をやった。

「あっ、神主さん。えっ、何ですか? 何で先生が?……」

と目を白黒させている。父は、

「アンタはたしか……、見覚えがあるお顔じゃが。神社でお目にかかった方かな」

「ビデオです。結婚式でいつもお世話になっています」

「ああ、ビデオカメラの。撮影の方じゃったな。思い出した、思い出した」

「松吉です。お世話になっております。しかし何で先生が……えっ田中さんと？　えっ？」

と、松吉氏は父を見たり、私を見たりでまだ目を白黒させている。

「これは私の長女で……」

「はあ……」

私は胸の中で舌打ちする。「娘」でいい。「長女」まで言わんでいい……。

父に関するエピソードは種々多様にあった。うるさい、細かい、堅い、融通がきかない、話が長い……。

「これは私の孫で、楽器が専門です」

専門と言い切れるほどのものでもなくて……、まあいいか。

娘が司会者で、孫が音楽をやっていて、もう一つ言えば、私の次女が絵が上手いことが、父にとってはかっこうの自慢の種らしく、すぐ他人に言いたがった。父の口調ほどには実力の備わっていない私たちは、黙って苦笑を返すしかないのであった。

「じゃあ、田中さんは先生の娘さん？　ええーっ、そうだったんですかあ」

「長女です」

松吉氏は驚いたように一人でうなずいている。父は満足かもしれないが、私は迷惑である。父と顔は似ているほうだが、性格も似ていると言われた日には大迷惑である。

松吉氏は「そりゃそりゃそりゃ……驚いたぁ」などとブツブツ言いながら、家族の席へと戻っていった。

へええ、父は「先生」と呼ばれているんだ。偉いんだ神主さんは。今度はこちらが「そりゃそりゃ」と思う番だ。

そんなことがあってから、私と松吉氏は今まで以上に親しくなり、いつか飲みに行こうということになった。司会アシスタントの山之内さんとエレクトーン奏者の平野さんもすぐにその仲間になった。山之内さんの知り合いの居酒屋で、飲み放題のコースがお決まりのメニューである。

私を除いて三人とも、めっぽうお酒が強い。大ジョッキ三つとコップ一杯のビールで乾杯をして、私が一杯を飲み終えないうちに、三人はジョッキのお代わりを二回もして、その後、焼酎だの冷酒だのを何杯も流し込む。私は三人に煽られてカシスミルクやモスコミュールを追加して、夜が更けるまで盛り上がるのである。

その席で、松吉氏から父のこぼれ話をあれこれ聞くことができた。マイペースな性格は、当然、挙式の進行具合にも反映されていたらしく、自分を正当化する居直りや決めつけは、少なからず周りを困惑させていたようである。

だが松吉氏は、父のことを恩人だと言ってくれた。神主にもいろんなタイプがいて、やたら威張っている人もいるらしい。ビデオカメラが邪魔だと叱られたり、音を立てるなと言われたり、動きを極端に制限される。相手は神様だから、神前だからと我慢するが、結婚する側からすれば当然プロとしての良い映像を期待しているわけで、納得いかなければクレームがつく。

嫌がらせとも思える現場の状況と自分のポリシーとの狭間で、もう辞めようかと弱気になっていた時に父と出会ったのだそうだ。父は、

「カメラはその位置でいいかな。一番撮りやすい位置で撮っておくれ。記録が一番大事じゃからな」

と言い、

「三三九度の時、新郎新婦の表情がちゃんと入るかな。ちゃんと写ってないとアンタも立場があろうから」

と言って、自分や巫女《みこ》の立つ位置まで配慮してくれたと話した。

「忘れもしないTホテルでの挙式前、お父さんはタバコをふかしながら気遣ってくれた。それまではいつも緊張して肩身が狭かったのが、なんか自信がついて胸にグッときた。本当に涙が出そうになったんよ。『記録』という言葉でプライドが持てた」

と松吉氏は続けた。

「しかし、あの神主さんがまさかお父さんとは。本当に驚いたぁ。何かの縁だよなあ」

松吉氏はあの鍋の日の光景や会話の内容を、今だに興奮気味に語り、

「こうして四人で飲めるのもお父さんのお陰よな、感謝感謝」

と、最後は茶化した口調で締めくくるのである。

私も父の頑固さや、家族がどれほど振り回されているかなど、大袈裟に笑いのネタを提供して、酒の肴にするのである。

そんなわけで、四人の飲み会には父の近況が欠かせない話題となった。

みんな身内のように「お父さん元気？」、「相変わらず？」と聞いてくれ、話を引き出そうとする。

その父が体調を崩して入院したと告げた時、松吉氏は、

「そうかぁ……。神主辞めたん？　淋しいねえ……俺も本気で心配よ」

としみじみ言ってくれた。

父が亡くなった日、私は松吉氏に電話した。迷惑かと迷いもしたが、ほかの誰よりも松吉氏に知らせたかった。松吉氏が父を見送ってくれることは、父の生涯に大きな意味を持つと思えたからである。

父は神主の子として生まれ、自身も国学院大学の神道科を卒業して神主になった。しかし、敗戦によって慣れない職を転々とし、プライドの高さと頭の良さゆえに、世情に馴染めず、世渡りが下手だった。夢が持てない暮らしの中で、父と母の関係も痛々しいほどにヒリヒリしていた。

私は、妹と弟と、そんな両親の顔色を見ながら成長した。成人して結婚してからも、父のことが鬱陶《うっとう》しくもあり、ずっと気がかりだった。

その父が、ふとしたきっかけで神社に勤めることになった。

神主として復帰できた日、私の家でそのことを伝えた時の父の顔と言葉を忘れることができない。私は初めて、人間として男として心からの充実を言葉に乗せた父を見たと思った。

一六〇センチそこそこの細い体に、神主の装束は割合よく似合っていた。というよりも、これこそが父が身につけるべき仕事着に違いなかったのである。

プライベートはさておき、意固地な性格はさておき、物知りで達筆な父は、年齢の重みも加わり、重宝がられていたようだった。

職業柄、堅い性格はむしろ良かったのかもしれない。神社の行事だけでなく、結婚式での仕事も父の性格に向いていたのだろう。

「今日のカップルはすばらしかった」とか「今日の新郎新婦は行儀が悪かった」とか父の物差しで決めつけ、私とよく言い争った。

しかし、その一つ一つに手を抜くことなく丁寧に門出の儀式を取り仕切っている様子がうかがえた。

父は仕事で出入りするホテル内のブティックによく立ち寄っていたらしく、

「品の良いのがあったので、一応取っておいてもらってあるから」

と言って、そのたびに連れて行かれた。そこで必ず私と娘の職業を店員さんに話し、そのためのドレスを求めにきたのだと念を押すのである。私たちは苦笑いをしながらも、随分と買ってもらったものだった。

ここでも父の好みの押しつけだったが、父のセンスは悪くなかった。私は買ってもらうことの嬉しさよりも、父が買ってくれるだけの安定を得たことが嬉しかった。

父は新婚当時を宮崎県の日南海岸にある鵜戸《うど》神宮で過ごしている。神主として神社に仕えた若い日の年月、そして中年期後半から晩年までの年月。父は、大きなプライドと使命感を持ち続けて、仕事を全《まっと》うしたのだと確信している。

父が亡くなった時、私は前からそうしようと決めていたように、いつも神社で着ていた白衣を着せ、若草色の装束を掛けた。父を恩人だと言ってくれた松吉氏がその場にいてくれたことが有り難く、何よりの父へのはなむけのように思えた。

それにしても、あの冬の日、鍋に父を誘わなければ、松吉氏とは単なる仕事上の付き合いで終わっただろうし、父の葬儀に来てもらうこともなかったはずである。

松吉氏、山之内さん、平野さん、私の四人の飲み会は、もう十年以上、年に三、四回のペースで現在も進行形である。

意志を貫いた花嫁

黒田尚子さんは、北九州市八幡西区にあるS病院の産科に勤める助産師である。妹の由利子さんの披露宴を担当したことで家族と知り合い、二年後の尚子さんの時にも私にと、司会を頼まれたのだった。

言わば力量を認められ、指名を受けたということになる。司会者の性格にもよると思うが、私の場合は、期待されるほど萎縮してしまうタイプである。小心者なのだ。

それでもなお、「指名」という響きは快い。司会者にとって蜜の味だ。だからプレッシャーが大きくても、「私でよかったら」と結局引き受けてしまうのである。

周到な準備と、現場に立てば何とかなるさという開き直り。この二つをコントロールしながらプレッシャーと闘い続けて、その日を待つ。

周到な準備のためには、前もって打ち合わせをきちんとしておくことだ。

尚子さんとの打ち合わせは、三月三日に八幡西区のレストランですることになった。

結婚式は七月下旬。打ち合わせをするにはまだ早すぎる時期だった。四カ月以上も前に会ったところで、何も決まりはしないのだ。案内状の出欠の返事がはっきりして席順が決まり、祝辞や余興の人選が終わったところで話を聞かなければ進行表は作れない。打ち合わせといっても、まだ何も打ち合わせる材料は揃っていないのである。

しかし、私は尚子さんを射止めた、あるいは尚子さんが射止めた男性に早く会ってみたいと思った。「田中さんを早く彼に紹介したい」と言ってくれたことも嬉しかった。

夕方六時の約束を、私は五、六分遅れてレストランに着いた。焦っている時に限って駐車場でも手間取ってしまう。狭いスペースを何回も切り返してようやく車を停め、走って入口まで辿り着く。

正面の席でふっくらとした女性が立ち上がって微笑んでいる。

見覚えのある顔。二年前、新婦の姉として言葉を交わした記憶が甦った。笑うと天真爛漫に顔が崩れるが、改まると、自分を曲げない意志の強さと折り目正しさがストレートに伝わってくる。

「遅くなって申し訳ありません。しばらくです」

整わない息で、夕方のラッシュを理由に頭を下げたものの、尚子さんも彼もラッシュの中を走ってきたのだと恐縮する。

「お忙しいところを無理言ってすみません」

そう言う尚子さんの隣にはワイドな男性。身体もワイドだけど性格もワイドそう。周囲を和ませてくれるような、どこかユーモラスなカップルが目の前に立っていた。きちんとしているけどよそよそしいところがなくて、柔らかい。

当然話は、披露宴の細かい打ち合わせには及ばず、彼とのなれそめや妹の由利子さんの結婚式の時の思い出話などで、食事をしながら二時間を過ごしたのだった。

「その節はお世話になりました。いい夫婦になっています。女の子が生まれて、良きパパとママです。妹は、育児で忙しくしていてもますます太くなるし、旦那の方はいよいよ細くなってます」

そういえば友人がスピーチで、

「赤ちゃんでも出来れば忙しくなるし、育児疲れで由利子さんもスリムになるのではないでしょうか」

と、話していたっけ。しかし多忙な育児もダイエットには繋がらなかったようである。子供を囲んで、おっとりしたママとよく気がつく小柄なパパの光景が浮かんだ。

それにしても姉妹でよくもこんなに体型の違う彼を選んだものだ。目の前の彼が大木なら、由利子さんの夫は蟬といったところか。ゆるりとおかしさが込み上げてくる。

大木の彼からもらった名刺には、大手企業の社名があり、営業第二課に所属していることが記されていたが、第一印象を裏切ってかなり情熱的な男性らしい。尚子さんより一回り大きい、丸い顔のメガネの奥から、人なつっこそうな目をますます細くさせて、その顔に似合わない強烈なのろけ話をしっかりと聞かせてくれたのである。

出会いのシチュエーションから、離れ離れになっていた三カ月間の電話での触れ合い、思い出のデートの場所など、熱き話題は尽きなかった。

「お色直しのドレスは、紫陽花をイメージして紫色にするつもりです」

と、尚子さんはちょっと得意げに目を輝かせた。

「二人で行った先々は紫陽花が本当に美しくて……。ねえ」

「うん。行った所行った所、僕たちを迎えてくれるようにね。偶然どこも紫陽花の名所と言われる所で……。特に箱根はすばらしかったね」

営業マンらしく、ハキハキした話し方である。

「彼が『君は紫陽花のような女性だ』と言ってくれたので、それで紫色のドレスに……」

「まあ、彼、ロマンチストなんですね」

「はい。とても」

と、身にも心にも恋のしずくが降り注いでいるようである。

紫陽花のような人って――雨が似合う美人ってことなの？　それとも紅から青へ白へと色を変える紫陽花みたいに、彼の前では何色にでも染まる女だってことなの？　どちらにしても、雨を含んでしっとりと輝く紫の花にたとえられるなんて、この幸せ者！

私には尚子さんと紫陽花はちょっとそぐわないような気がするが、彼が紫陽花だと言うのだからきっとそうなのだろう。他人には見えない色や香りまで、愛する男には感じられるのかもしれない。二人が眩しく見えた。

打ち合わせでいつも思うことだが、美男美女のカップルだから眩しいとは限らない。お互いの人間性に恋し、外見を越えて見つめ合った恋人たちだけが、誇りと自信というきらめきを放つのである。

妹の由利子さんはオーダーメイドのウェディングドレスで晴れの日を飾った。黄なりの、シャキッとした質感のドレスだった。届いた年賀状にそのドレスの写真が載っていたのでよく覚えている。尚子さんはそのドレスを借りるのだという。

「妹の幸せにあやかりたいと思って。〝サムシング・ボロード〟の意味を込めて」

尚子さんは、顔を引き締めて言った。

ヨーロッパには、幸せを呼ぶ「サムシング4《フォー》」の言い伝えがある。何か古いもの（サムシング・オールド）、何か新しいもの（サムシング・ニュー）、何か青い物（サムシング・ブルー）、何か借りたもの（サムシング・ボロード）。結婚式の日にその四つを身につけると、幸せな結婚生活が約束されると言われている。

「最高のサムシング・ボロードですね」

私は感動を表情に込めてうなずいた。

「たまたま体型が同じだから……。ねっ」

と尚子さんは彼を見つめて、コロコロと笑った。

「妹の体型をカバーしてたし、妹によく似合ってたでしょ。私もあのデザインなら大丈夫だと思って」

しかも、そのドレスに花を添えるブーケと、新郎のタキシードの胸に咲かせるブートニアは、由利子さんが作ってくれるのだそうだ。

何とも羨ましい花嫁、何と幸せな姉、何とステキな姉妹！

妹さんのウェディングドレスと紫陽花色のカクテルドレスと手作りのブーケ。もうそれだけで披露宴のシナリオが頭の中で膨らんでくる。そういった話や資料こそが、ありきたりでない生きた披露宴を生み出すのだ。

きっと中身の濃い披露宴になるだろう。まだ細かい事は白紙だけれど、手作りの結婚式の思い出を彩ることができるはずだと、私は張り切っていた。

桃の節句が過ぎ、連翹《れんぎょう》が咲き、辛夷《こぶし》の花が咲き、ふんわりとした空気が桜吹雪を優しく包み込んだ。

この年の春の結婚シーズンは皇太子様の婚約、結婚にあやかって、一足先にというカップルでどこの式場も予約が多かった。土曜、日曜はホテルも結婚式場も全ての部屋がフル回転で、私も景気づいた結婚産業の歯車の一つとして、何組かのドラマと向き合い、いくつもの一期一会や結婚の形と出会った。

そうして、季節は初夏へと巡り、萌え出ずる青葉若葉がジューン・ブライドという結婚のハイシーズンを運んでくる。

ジューン・ブライドの花嫁は幸せになるという、まことしやかな西洋の伝説は、今やコメントするのもはばかられるくらい、日本人の催事の中に深く浸透して、鬱陶しい梅雨だというのに、若い花嫁候補のみならず、母親までもがうっとりと言葉の響きに酔いしれるのである。

挙式の日を一カ月後に控え、幸せの花園の真ん中で幸せの花びらを数えていると思っていた尚子さんから「田中さん、事件です」と電話が入ったのは、九州北部に梅雨入り宣言が出された翌日のことだった。

「ドレスは衣装部でレンタルして下さいって……」

「えっ、どういうこと？」

「衣装の持ち込みはできないそうです」

「由利子さんのドレスのこと？　だって手持ちのドレスでしょ？　よその貸衣装屋さんから借りるわけじゃなくて……。そう言ってみた？　妹にあやかって着るんだと言ってみた？」

「もちろん言いましたよぉ」

尚子さんの口調は投げやりになっている。

「まるで話にならないんですよ。何を言っても『衣装はうちの衣装部から選んでいただくようになっておりますので』の一点張りで、こっちの事情とか理由とか関係ないって態度なんですよ。自分の手作りでも駄目なんですって。被服科の短大生が卒業製作などで作るじゃないですか。それでもダメですって。『どんな場合でもご遠慮いただくことになっております。うちの衣装部は和装も洋装も数多く取り揃えていて、新作もたくさん入ってきておりますので、じっくり選んでいただけばきっとご満足いただけるドレスがございますよ』ですって。それからこうも言われました。『やはり華やかな会場には会場に映えるドレスを選ばれたほうがよろしいかと思いますよ』って。失礼しちゃいません？　妹のドレスを見てもいないのに」

「そこは確か『オリジナル・ウェディングであなたらしい門出のセレモニーを』とか言ってコマーシャルしてなかった？」

「してました、してました。オリジナルを売りにしてました。どこがオリジナルなんでしょうね、まったく」

尚子さんは呆れたように、フンと鼻で笑った。

「ブライダル業界ってこんなに融通がきかないところだったんですね。ハートよりお金なんだ。びっくりしました」

「本当。信じられないね、まったく」

気弱に相槌を打ちながら、そういう私もブダイダル業界にどっぷり浸っている人種なんだよなあ、と私が叱られている気分になる。溜め息をつく耳に、尚子さんの次の言葉が追い打ちをかけた。

「あ、そうそう、ブーケも駄目なんですよ」

「エー、ウソー。妹が作ってくれる、手作りのプレゼントだとちゃんと話した？」

「話しましたよ。かなりしつこく頼んでみたけど、駄目でした。『一人だけ許可すると決まりが決まりでなくなりますので、うちで選んで下さい。妹さんのはケースに入れて飾っておかれたら』ですって」

「そんなバカな」

「ホントにバカですよ。何も分かっちゃいない。そんな問題と違うやろちゅうのよ」

そう、そんな問題と違う。何かおかしい。何か間違ってる。当たり前の事が当たり前でなくなってる。尚子さんでなくても、とても腹立たしい。

ブーケの原点は、花婿が愛する花嫁のために野の花を摘んで飾ったことに由来するらしいが、何にでも意味があり、基本があるのだ。時代は変わり、結婚がセレモニーとして商品化されたとはいえ、人の心までないがしろにされたのではたまらない。

「式場を変えたいけど、もう案内状を出してしまっているし。ここにきてこんな難題が待ち構えているとは思わなかった。もっと早く確かめるべきでした。こんな式場、なんで選んでしまったんだろう。見た目に騙されて……。どうしたらいいんでしょうねえ……」

唇を嚙んでいる尚子さんが見えるようだ。私は強く言った。

「尚子さん、式場の強引なやり方に負けちゃダメよ。筋は通さなきゃ。由利子さんのドレス、必ず着てよ。せっかくの手作りのブーケ、必ず持ってよ。私も応援するから。諦めないで頑張ってね」

式場との進行打ち合わせも兼ねて、もう一度担当者にドレスとブーケのことを交渉することにして、尚子さんと私は六月九日に式場で会うことにした。

その日は、皇太子様と小和田雅子さんの結婚式の日だった。私は朝からテレビの前に陣取り、お二人の、特に皇太子様の幸せに溢れる姿に喝采を送っていた。心底素直で率直な方なのだろう。この日殿下は本当に嬉しそうで、輝きに満ちていた。東京は雨が激しく降っているらしく、午後からのパレードが心配されていた。

尚子さんとの約束は午後四時。北九州は小雨だった。中継を横目で見ながら身支度を整え、テレビを断念して今度はカーラジオで聞きながら車を走らせた。

「パレードが始まる頃、雨が上がって陽が射し始めました。六月の日差しです。まさにお二人を祝福するかのように、お二人の上に降り注いでいます。雅子様のお母様が、必ず雨は上がるとおっしゃったそうですが、その言葉通り、お母様の願いが通じたのでしょうか、ピタリと雨が止みました。とりわけ皇太子殿下の表情が印象的です。どんなにかこの日を待ち望んでおられたことでしょう」

女性アナウンサーが興奮気味に伝えている。

頃合いよく雨も気配りをして、朝から快晴をプレゼントするよりももっとドラマティックに、国を挙げての慶事を演出したのだ。そしてこの雨は、殿下と雅子様のご家庭を大地に根づかせ、大きく育む恵みの雨だったのだろうと思った。

打ち合わせのP会場に着いた時、北九州も雨が上がっていた。こんな日はウキウキした気分になる。テンションの高い実況アナウンサーの声も、いつもなら苛つくはずが、もっともだろうと寛容になれる。私の中のテンションも高くなる。

勢いよくP会場に入ると、尚子さんがフロントの若い女性に向かってまくし立てているのがいきなり目に入った。

「じゃあ、そのマネージャーをここに呼んで下さい」

フロントの女性は、フロア全体が沈黙して見守る中、奥に入って行った。

「尚子さん、とうとう切れたんだ。凄い！」

そこに至るまでの経緯は想像できた。奥に消えた女性が直接の担当者なのだろう。尚子さんとの押し問答の末に、双方ともこれでは埒《らち》があかないと判断して、もっと権限のある責任者を呼ぶことになったのだ。若いフロントの身分では手に負えなくなったのだろう。

緊張した空気の中で、ドラマの後半の鍵を握る重要な悪役として登場したのは、ニヒルな男であった。マネージャーと呼ばれているが、つまり店長らしい。スラリと伸びた背格好、甘さと冷たさの入り交じったマスク。名刺を渡す仕草や、相手をからめ取るような営業用の笑顔は清潔感に溢れていて、隙がない。

慇懃《いんぎん》な応対の中にもマネージャーとしての姿勢は崩さず、尚子さんの主張をあくまでも撥ねつける構えである。

「ここは結婚式場でしょう？　ブライダルのプロでしょ、信じられない」

尚子さんもしつこく食い下がる。

「お客様の言い分は分かりますが、これがうちのルールですので。申し訳ございません」

「さっきからうちのルールとか方針とかばっかり言ってますけど、こちらの都合はどうなるんでしょう。無視ってことですか。基本から何か間違ってません？　自分の結婚式に自分のドレスを何故着られないんですか。妹が作ってくれるブーケを何故持てないんですか。おかしいと思いません？」

「おっしゃる通りだと思いますが、一組でも持ち込みを受け入れますと、私どもの系列の規約が規約でなくなってしまいますので。どこか他所《よそ》から借りた衣装を持ち込むことも予想されますので……。いかがでしょう、私の紹介のお客様ということでレンタル料金は割り引かせていただきますので、こちらで選んで……」

「もういいです。こんな式場、選んだ私がバカでした」

尚子さんの冷めた声が、マネージャーの声を遮った。

「オリジナル・ウェディングとか宣伝してますけど、嘘のコマーシャルを流してるってことですよね。オリジナルってどういう意味なんですか、教えて下さい」

今度はマネージャーが絶句する。

「ここに来て取り止めにするわけにはいかないので式はします。ウェディングドレスは着ません。もう平服にしようかな。あ、平服でも借りないと駄目って言われるのかしら」

尚子さんは皮肉っぽい笑いを浮かべて、

「私の職場にも彼の職場にも、結婚を控えた人がたくさんいますけど、絶対ここは勧めませんからねっ！」

と言い放った。

言葉と一緒にオレンジ色の炎を吐き出しているようだった。目には目を、歯には歯をの憤りと、決して口先だけではない迫力が、辺りの空気を静止させていた。緊迫していたが、どこか芝居のような、シリアスというより喜劇を感じさせた。

「それでいいですねっ！」

止めを刺すように尚子さんが吠えたのを受けて、マネージャーは慇懃に腰を折り、カウンター越しに尚子さんに顔を近づけると、

「必ず他所には口外しないということで……、あくまでもここだけの特別のケースということで……」

と念を押した後で、

「よろしいです。ドレスもブーケも持ち込みということにされて結構です。その代わり、持ち込み料金はご了承いただきます」

幾分強《こわ》ばった顔と紋切り型の口調に、苦々しい胸の内が表れている。間髪を入れず、

「えっ本当ですか。ハイ、ありがとうございます。お礼を言います」

と、掌を返したような尚子さんの態度の豹変ぶりには目を見張った。

この時を待っていたとばかり、この機を逃すものかとばかり、深々と頭を下げて、マネージャーにニッコリと笑いかけたのである。マネージャーも慌てて笑顔を作り、

「あ、いやいや、しかし、くれぐれも例外中の例外ですので、外に漏れますと、ほかのお客様とのトラブルになりますので」

「ハイ、それは決して。約束します。ご配慮ありがとうございました」

一件落着まで、担当の女性はつかず離れずの距離を保ってやり取りを見守っていた。

マネージャーが彼女に一言二言指示を与えて引っ込むと、尚子さんは腰の辺りにこっそりとピースサインを作って私に示したのである。

「勝負あった。尚子さんあなたの勝ち！　お見事お見事！」

私も腰にピースサインを作った。

尚子さんは筋を通したのだ。自らの意志でオリジナル・ウェディングを勝ち取ったのだ。前向きの「気」こそが会場の規約を退かせた。彼女の勝利の笑顔は力強く、神々しくさえ見えた。

私はといえば、応援に駆けつけたはずが何の役にも立っていない。助言も何もしていない。格好ばかりつけ、面倒なことはなるべく避けて、うやむやの内に丸く収めようとするのが私の駄目なところだ。なりふり構わず信念を持って事に臨んだ彼女の姿勢は、私にとって大きなカルチャー・ショックであった。

彼女のフィアンセは尚子さんのこんなところにも驚かされ、魅力を感じるのだろう。

「司会者さん、あの新婦さんは激しいですから、気をつけられたほうがよろしいですよ」

打ち合わせが終わって帰り際に、私は担当の女性から耳打ちされた。どうやら、尚子さんは相当にきつい女だという烙印を押されたらしい。

しかし私は、式場に入ってきた時と同じようにウキウキした気分であった。尚子さんの生きのよさが乗り移ったように、私は胸をシャンと張り、とめどもなく湧き上がってくる力を全身に感じながら、透明に磨かれた自動ドアの前に立ったのである。

潔く生きるには強さがいるのだ。自分らしく生きるには、時として恥や外見をかなぐり捨てる覚悟がいるのだ――。

式場の正面玄関前の駐車場や、その向こうに広がる雑多なビルや工場の煙突のパノラマが、今日一日の雨に洗われて色を甦らせている。引っ切りなしに車が行き交う通りも、息を吹き返したようである。夏に向かう季節の夕刻は、まだ暮れる気配さえ感じられない。

私は空を見上げて「ふうーっ」と息を吐いた。

皇太子様と雅子様のパレードは無事に終わっただろうか。観衆に手を振って応える殿下の満面の笑顔が再び甦った。

雅子様への愛にこだわり続け、頑固なまでに意地を通した男の、自信と誇りに満ちた顔。堂々と女の意地を通した尚子さんの顔。今日は晴れやかな笑顔を堪能させてもらった。それぞれに眩しく、我が事のように嬉しい気持ちにさせられた。幸せな笑顔には、人の心に美しい虹の橋を架ける力が秘められているようである。

それから一カ月後の七月吉日、尚子さんは花嫁になった。

式場のスタッフをたじろがせ、決まり事をくつがえした意志の強さを祝福に応じる口元に滲ませながらも、由利子さんのウェディングドレスをまとい、見事な無垢の花嫁となった。

レンタルの紫陽花色のドレスも想像していた以上に似合って、ギャザーをたっぷりとったデザインが、ふっくらとした可愛らしさを引き出していて、好感が持てた。

もちろん、何事もなかったように、尚子さんの手には由利子さんの手製のブーケが、同じく新郎の胸にはブートニアが。

私は進行の随所随所に、温めていたエピソードをちりばめ、披露した。今日に漕ぎ着けた尚子さんの奮闘ぶりを思うと、言葉に力が入り、誇らしげな口調になるのだった。

由利子さんにマイクを向けると、ブーケの製作過程では夫が家事に協力してくれたこと、花びらのアイロンがけを手伝ってくれたことなどをハキハキと語ってくれた。

「ご結婚の時には、お姉様が祝福の言葉を下さいました。今度は由利子さんから何かメッセージを……」

「私たちの披露宴では姉からとてもステキな言葉をもらいました。お返しの気持ちをブーケとブートニアに託しました。心を込めて作りました。私たちのように幸せになってもらいたいので……」

と、琴線に触れる。

母親になっていっそう貫禄を増した妻に寄り添うように、標準より細い体型を保ったままの夫も、逆三角形の顔を小刻みに振ってウンウンとうなずく。体型のアンバランスが変わり雛のようで、絶妙な一対の夫婦像を醸《かも》し出している。

私も知らない仲ではないよしみで、

「ご主人、奥様の陰に隠れていては見えませんよ。もっと前に出てきて存在をアピールしてください」

と、ソフトな雰囲気作りの役目を振ると、即座に私の言葉にオーバー・アクションを返してくれ、会場からの拍手には手を振って応えるサービスで、効果的な後押しをしてくれる。

「ご結婚なさって二年が経って、お互い変わったなあと思うところは？」

「子供も生まれましたが、熱々ぶりは変わりません。むしろ今の方が熱々ですよ」

さすが尚子さんの妹婿だ。大勢の前であっけらかんときっぱりと言ってくれる。

「今はうちの子供たちを可愛がってくれていますが、二人の子供を早く作って下さい」

「子供たちのために一日も早くいとこを作って下さい」

と、決めの言葉にも身内ならではの説得力がある。

かのマネージャーは、それがこの会場のしきたりなのか彼のポリシーなのか、祝宴が始まるとビール瓶を片手に両家の両親の席を回り、営業色の濃い満面の笑顔で祝いのグラスを満たしていた。

その後も度々会場に入ってきては、宴席の様子を覗いていたが、不必要なほどの満面の笑みは常にキープされたままだった。私は彼が会場内にいる時を見計らって、心のこもった手作りのブーケに注目するよう列席者に促した。門出へのはなむけとして、どんな高価なものよりも嬉しく貰い贈り物だろうとコメントした。

私の言葉には、マネージャーへの当てつけを意識した、必要以上の誇張があったと思う。結果的には、尚子さんの希望通りに収まったものの、物腰だけ丁寧でいながら、いともあっさりと心を切り捨てようとする式場の体質への抗議を含めたつもりであった。

姉妹夫妻を讃える祝福のさざ波に押されて、新郎新婦と妹夫婦、四人の記念撮影が行われようとしていた。ブーケを真ん中に姉妹が並び、夫たちが寄り添う図が出来上がる。カメラやビデオを持った人たちが席を立ち、思い思いにシャッターを切る。私は、また意地悪くマネージャーの顔を盗み見た。四人はカメラマンの注文に笑顔で応じている。

位置によってブーケが見えにくいらしい。

「花嫁さーん、花をもっと上に上げてー」

新郎の友人らしいカメラマンから声が上がる。尚子さんはブーケを胸の辺りまで上げようとする。由利子さんが覗き込み、その位置に気を配る。

「ハイ、オッケイ、写しまーす」

新郎が何かジョークを飛ばしたらしく、その辺りから笑い声が湧き起こる。

瞬間、マネージャーの眉がピクリと動いたように見えたのは気のせいだろうか。

マネージャーとて厳しい経営方針の歯車に、がんじがらめにはめ込まれているのであって、実は板挟みの辛さを味わっている立場なのかもしれないと考えると、どこか気の毒にも思えてくる。

そんないきさつと、姉妹それぞれに夫婦のインパクトが強いせいで、この日の仕事は忘れられない披露宴の一つとなった。

あれから随分と年月が流れた

尚子さんとは、一年後に彼女の友人の披露宴を頼まれ、司会者と列席者として顔を合わせたが、以来、尚子さんとも由利子さんとも会っていない。

しかし、毎年欠かさずに年賀状が届き、主人がどこそこに転勤になったとか、家を新築したとか、折に触れて挨拶状をくれる。年賀状には子供の写真と年齢や近況が書き添えてあるので、とても身近に感じられて、ずっと会っていないという気がしないのである。

今年の年賀状を読み返してみる。

由利子さんは、長女が十二歳、次女が十歳に。尚子さんは十歳の長女、七歳の次女に加えて、もう一人家族が増える予定だと書いてあった。

両家族ともに、母親に似てふっくらとした子供たちだ。親鳥が一本ずつワラを運び丁寧に丁寧に巣作りをしているような、頼もしい四人四様の父親ぶり母親ぶりが想像できる。私は親戚のおばさんになったような気持ちで、家族の成長を見守らせてもらっているのである。

恋人同士が赤い糸で繋がっているのだとすると、姉妹と私を繋でいるのは黄色い糸かもしれない。黄色はパワーを呼び込む色だという。

年賀状や近況報告の葉書を手に取り、あれこれ思いをめぐらす時、真っ先に浮かぶのが、姉妹の大きく開いた笑顔である。そこに「コロコロコロ」と打楽器のような笑い声が重なる。続けて式場の規則に果敢に挑んだ尚子さんの真剣な目と口元が甦る。

そこには太陽のような力強い個性がある。太陽からのメッセージには、大いなるパワーが秘められているような気がするのである。

尚子さんは、その後助産院を開業し、独立したことを付け加えておきたい。

エピローグ

街で買い物をしている時など、

「司会をしてくれた田中さんでしょ」

と声をかけられることがある。こちらははっきりと思い出せなくて、

「失礼ですが、何年前に、どちらの会場でしたっけ？」

と、遠慮がちに尋ねることになる。

「ああ、あの時の……。覚えていますよ。失礼しました」

初対面の打ち合わせの時、披露宴の時、当時は若くて頼りなく感じられた二人が、子供を抱き、手を引いて、すっかり地に足をつけた家庭人に落ち着いている。先を急ごうとむずかる子供をいさめる、れっきとした父親母親ぶりに目を見張る。

「ソリストだったお二人が、今日から愛のデュエットを奏でます……」

ウェディングケーキのシーンなどでよく使ったナレーションである。

個と個の足し算はデュエットに留まらず、トリオとなり、カルテット、クインテット

となってハーモニーを奏でるのだ。

輝く若さは削《そ》がれ、所帯じみてはいても、家庭という社会を営んでいる責任と自覚は、若さに勝る人間の幅を構築する。

私たち結婚披露宴の司会者は、その家庭を営む最初の儀式に立ち会うことができるのだ。それも人生の最も華やかな瞬間での出会いである。考えてみれば、何とステキな商売だろうと思う。

さらに思う。私が関わった多くの新郎新婦が生きたこの二十年余り、私は悔いなく生きただろうか。命を燃やしきっただろうか。

娘たちが小さい頃は、年月や時間が経つのがはっきりと感じられた。お宮参り、七五三、今何歳、今何年生、今度中学、高校——と、時の流れを子供を通して具体的に意識して生活していた。いつの頃からか私の中で時の流れにメリハリがなくなり、緊張感が希薄になっているように思える。

娘二人が成長して、夏休みだ、卒業式だ、成人式だと、そんな節目節目の心構えがいらなくなったからかもしれない。

齢をとって、時の流れを自分の尺度で計れる余裕だけは手に入れた。そのことが至福でもあり、ちょっと淋しくもある。

結婚というものの新鮮な感触。妊娠、出産、育児を通して感じる生への驚き……、そんな感動を味わえるのは、その真っただ中にいる人の特権だ。

コーヒーをすすりながら、子育てであたふたしている〝所帯じみた〟年齢に、軽い嫉妬を覚えている、五十代の私である。

田中万知子（たなか・まちこ）
1948年，大分県東国東郡武蔵町に生まれる。結婚披露宴およびイベント司会者。心理学と日本宇宙論を日本霊智学・木上日出彦氏に師事。占いをベースに心理カウンセラーとしても活動している。KBC「女のドラマストーリー」最優秀賞，FBS「2時間ドラマストーリー」優秀賞を受賞。

華《はな》の宴《えん》 人《ひと》の縁《えん》
披露宴《ひろうえん》司会者《しかいしゃ》が見《み》た心《こころ》に残《のこ》るシーン

■

2005年8月5日　第1刷発行

■

著者　田中万知子
発行者　西　俊明
発行所　有限会社海鳥社
〒810-0074 福岡市中央区大手門3丁目6番13号
電話092(771)0132　FAX092(771)2546
http://www.kaichosha-f.co.jp
印刷・製本　有限会社九州コンピュータ印刷
ISBN 4-87415-533-2
［定価は表紙カバーに表示］